KB124832

빡치Go 박차Go

빠치GO 박차GO

초판 1쇄 펴낸날 2015년 7월 10일

지은이 | 장정희
펴낸이 | 홍지연
펴낸곳 | 도서출판 우리학교

편집 | 김영숙 소이언 전신애 김나윤
디자인 | 남희정
마케터 | 박영경
관리 | 김세정
인쇄 | 한영문화사

등록 | 제321-2009-4호(2009년 1월 5일)
주소 | 121-883 서울시 마포구 합정동 47-8 청우빌딩 6층
전화 | 02-6012-6094
팩스 | 02-6012-6092
전자우편 | school@woorischool.co.kr

ISBN 978-89-94103-92-1 43810
값 12,000원

• 잘못된 책은 바꾸어 드립니다.
• 이 책은 한국문화예술위원회 광주광역시 광주문화재단의 문예진흥기금 일부를 지원받아 발간되었습니다.
• 이 도서의 국립중앙도서관 출판예정도서목록(CIP)은 서지정보유통지원시스템 홈페이지(http://seoji.nl.go.kr)와 국가자료공동목록시스템(http://www.nl.go.kr/kolisnet)에서 이용하실 수 있습니다.(CIP제어번호: CIP2015017808)

빡치GO 박차Go

장정희 장편소설

우리학교

차례

꼴린 대로 산다

꼴린 대로 산다. 내 좌우명이다. 나는 예술가니까.

나는 새끼 대금(大芩)재비다. 대금은 일명 '젓대'라고도 부르는 국악기의 하나. 쌍골죽이라는 대나무 변종으로 만든다. 왼쪽은 막혀 있고 위 첫마디에는 김을 불어넣는 '취구(吹口)'가 있다. 조금 아래에는 갈대 속껍질로 만든 얇은 청을 댄 '청공(靑孔)'이 있고, 그 아래에는 손가락으로 짚어가는 '지공(指孔)'이 여섯 개 뚫려 있다. 낮게 불면 은은한 소리가 나고, 세게 불면 청아한 소리가 난다. 하루도 손에서 놓지 않는 대금은 나, 18세 김준우를 설명하는 핵심 코드다.

내가 '꼴린 대로' 살겠다고 마음을 먹은 순간, 인생이 훤하게 보이는 듯한 황홀감을 느꼈다. 특허를 낼 만큼 멋진 말이 아닌가. 나중에 '매 순간 너 자신의 의지에 따라 행동하라.'라고 한 철학자 칸트 아저씨의 말이 생각나 산통이 깨지긴 했지만 말이다.

연습도 마찬가지다. 하고 싶을 때 한다. 영감(靈感)이 찾아오는 순간이기 때문이다. 그러므로 '꼴린 대로 산다'는 것은, 멋대로 산다는 게 아니다. 마음이 가는 대로 살되, 최선을 다해 사는 것이다. 내가 세상에서 제일 좋아하는 그것, 기분이 좋을 때는 '여친'이라 부르기도 하는 대금. 좋아하는 대금과 함께 살아가는 것이 나로선 남부러울 것 없이 잘사는 거다. 그러면 됐지 뭘 더 바라?

햇살이 유리창 안으로 깊숙이 파고드는 지금은 4교시 한국사 시간. 창밖에는 자목련 꽃잎이 핏방울처럼 뚝뚝 떨어져 내리고 있다. 제대로 듣는 아이들이 없는데도 고수머리 국사 선생님은 칠판에 연도표를 그려놓고 열심히 설명하고 있다. 숫자라면 두드러기가 이는 나는 수학과목이야 당연히 싫지만 국사의 연도표는 더욱 싫다. 이야기는 사라지고 숫자만 남는다. 생머리가 다 아프다.

나는 국사책 아래에 〈긴 산조〉 정간보를 숨겨놓았다. 고수머리의 목소리가 높아질수록 정간보를 음미하는 나의 상상력도 정점을 향해 치닫는다. 흠, 진양조 느린 가락으로 시작하는 이 대목에선 가슴으로 울어야 해. 죽음 앞에 펼쳐진 희디 흰 눈물길을 울며 울며 건너가는 거야.

나는 정간보를 처음 대할 때마다 나만의 이야기를 만들어 넣곤 한다. 곡의 흐름에 따라 슬프거나 평온하거나 벅찬 감정을 대입하면 몰입이 잘 된다. 40여 분을 연주해야 완주할 수 있는 〈긴 산조〉 암보는 10여 분으로도 가능한 〈짧은 산조〉와는 비교할 수 없이 어렵다.

작년 여름, 대금 명인에게 받은 마스터클래스에서 '너는 선생님이 하라는 대로만 하는 게 보인다.'라는 지적을 받았다. 음악 속에 '나'가 없다는 뜻이었다. 그때 이후 나만의 해석과 색깔을 가지려고 노력하고 있다.

나는 정간보를 짚어가며 무심히 아랫입술 언저리에 생긴 거스러미를 뜯는다. 이런! 손가락에 피가 묻는다. 대금을 연습하다 보면 취구에 닿는 입술 부위가 성할 날이 없다.

아랫입술과 턱 사이에 움푹 파인 홈, 한의사들이 '승장'이라고 부르는 곳이다. 밤마다 연고를 바르고 자는데도 좀처럼 낫질 않는다. 피딱지가 쉴 없이 앉았다 떨어지는 동안에 거무스름한 흉터가 자리 잡는 것이다.

나는 가방을 뒤져 휴지를 찾는다. 없다. 한 손으로 아랫입술을 지그시 누른 채 앞자리에 엎드려 있는 다이아의 등을 찌른다. 육중한 체구의 다이아는 귀찮다는 듯이 팔을 휘젓는다.

졸음에 겨운 소가 꼬리만 움직여 파리를 쫓아내는 포즈다.

녀석의 얼굴에는 불그죽죽한 여드름이 분화를 멈추지 않는 활화산처럼 여기저기 박혀 있다. 녀석은 시도 때도 없이 분화구를 눌러 짠다. '다이아'는 언젠가는 녀석이 그 분화구에서 다이아몬드 원석을 뽑아내게 될 거라며 아이들이 붙여 준 별명이다.

녀석은 식단표를 받으면 끼니별로 낱낱이 잘라 책상에 붙여 놓고 좋아하는 메뉴에 붉은 칠을 한다. 녀석을 살아 있게 만드는 원동력이다. 밥시간이 되면 녀석의 게슴츠레한 눈이 물 머금은 상추처럼 살아난다. 그러다 수업이 시작되면 곧바로 고개를 늘어뜨린 채 숙면모드로 접어든다.

그런 녀석에게 '다이아'는 과분한 호칭이다. 녀석의 전공인 아쟁소리는 덩치만큼이나 크기만 할뿐 거칠기 짝이 없다. 시작한 지 5년이 넘었다는데 눈 감고 지낸 시간까지 계산에 넣은 모양이다. 미련한 자식.

"황기영!"

고수머리의 목소리가 엎드린 다이아의 머리 위로 떨어진다. 다이아는 마지못해 짜증스러운 듯이 몸을 일으킨다. 내 손짓에는 끄떡도 안하던 놈이.

"고만 자라. 얼굴에 좀 슬겠다."

아이들이 킥킥대며 웃는다. 여드름 위로 짓눌린 손자국 무늬까지 찍혀 얼굴이 벌게진 다이아가 아이들을 돌아보며 눈을 흘긴다. 고수머리는 한심하다는 듯 교실을 휘둘러보더니 한숨을 푹 쉬고는 말을 이어간다.

"이제 너희들도 2학년이 됐잖아. 내신 관리도 해야지. 아무리 실기가 중요한 예술고생이라지만 실기만으로 대학 가기가 어디 쉬운 줄 알아? 게다가 여긴 지방이잖아."

아이들의 표정은 시큰둥하다. 그런 소리 어디 한두 번 듣나. 방울진 피가 금방이라도 떨어질 것 같아 국사책 귀퉁이를 찢어 입술 아래에 갖다 붙인다.

이윽고 차임벨이 울린다. 책상 밖으로 한 발을 내밀고 있던 다이아가 전속력으로 교실을 뛰쳐나간다. 스타트라인에서 튕겨나가는 육상선수 품새다. 아이들은 다이아의 속력을 따라잡지 못한다. 복도가 한바탕 요동을 친다. 햇살 속으로 먼지가 부옇게 솟아오른다.

나는 교실 뒤편 거울을 보며 입술 부위를 살핀다. 피에 얼룩진 종이 쪼가리가 바짝 굳은 채 달랑거리고 있다. 종이에 침을 묻혀가며 가만가만 떼어낸다.

거울 속에서 중키에 비쩍 마른 역삼각형 얼굴 하나가 나를 쳐다보고 있다. 예리하고 신경질적인 얼굴이다. 굵은 안경테와 파마머리 헤어스타일로는 홀쭉한 볼을 감추기에 역부족이다. 뽀글거리는 앞머리가 천방지축인 모차르트 이미지만 더

해 놓았다.

의사는 기름진 음식을 먹으면 곧바로 화장실로 직행하는 내게 과민성대장증후군이라는 진단을 내렸다. 엄마는 아무리 먹여도 살이 찌지 않는 내 걱정으로 지레 늙는다. 얼굴에 살이 좀 붙어야 할 텐데…….

거울을 들여다보며 종이 쪼가리를 떼어 내고 있는데 성현이 다가와 툭, 등을 친다.

"뭐해? 빨리 밥 먹으러 가자. 근수 좀 늘려야지?"

"뭐, 근수? 내가 돼지냐?"

성현이 큰 얼굴을 우그러뜨리며 웃는다.

판소리를 전공하는 성현은 국악과 전학년 중에서 내가 실력을 인정하는 유일한 친구다. 성현과 나는 실기 점수에서만큼은 국악과 투톱을 유지하고 있다. 전공이 달라서 액면 그대로 비교할 수 없다는 점이 그나마 다행이다. 그렇지 않다면 매사 승부욕이 강한 나로서는 녀석을 견제하느라 친해지기 어려웠을 것이다.

사실 나는 중3 때부터 서울국악고에 가겠다고 설쳐댔다. 하지만 부모님은 한마디로 '노!' 하나밖에 없는 아들이라 일찍 떼어놓고 싶지 않다는 게 이유였다. 언젠가는 기필코 벗어나고 말 테다. 나는 지방에서 썩기엔 너무나 아까운 인재이기 때문이다.

그런 나에 비해 성현은 집을 벗어나겠다느니 어쩌느니 하는 말을 꺼낸 적이 없다. 아마도 넉넉하지 않은 집안형편 때문인 것 같다. 성현은 이곳의 국립대학을 졸업해서 음악교사가 되는 소박한 꿈을 가지고 있다. 그러기엔 실력이 아깝지만 말이다.

나는 녀석이 전공에 품는 무한한 애정이 좋다. 게다가 타고난 성량과 비범한 음색을 갖췄음에도 끊임없이 노력한다. 그걸 빼고는 모든 게 재수 없는 녀석이지만.

녀석은 선생님과 선배들, 친구들에게까지 예의 바르게 행동한다. 매사 좌충우돌인 나로서는 엄청나게 쪽팔림을 감수해야 한다. 그러니 둘이 친하게 지내는 게 다들 이해가 안 된다는 반응일밖에.

"산날 날고 빨리 밥이나 먹으러 가사니까!"

성현은 나를 잡아끌고 급식실을 향해 종종걸음을 친다. 나는 녀석의 팔에 이끌려 가다 돌연 팔을 떼어 내고 달리기 시작한다. 화들짝 놀란 성현이 뒤로 처지면서 소리소리 질러댄다.

"같이 가! 이 의리 없는 놈아!"

2
아오, 빡쳐!

따뜻한 햇살이 밀물처럼 밀려드는 연습실. 창밖에는 줄넘기를 손에 든 아이들이 운동장으로 모여들고 있다. 흰색 체육복이 화창한 봄볕 속에서 한껏 눈부시다. 화단가에는 미술과 아이들이 오종종하니 모여앉아 해바라기를 하고 있다. 물감으로 얼룩진 앞치마를 두르고 수다를 떠는 아이들의 모습이 쨱쨱거리는 참새 떼 같다.

국악과 연습실은 예향관 1층에 위치해 있다. 1층의 절반은 합주실이고, 나머지는 중앙 연습실과 강사 대기실, 개인 연습실로 이루어져 있다. 2층은 음악과와 무용과 연습실이 있고, 3층은 미술과 실기실로 물감과 토르소, 이젤 등이 어지럽게 널브러져 있다.

국악과 연습실은 아이들이 제멋대로 내지르는 소음과 악기 소리로 한껏 소란하다. 삑삑거리는 피리와 대금 소리, 퉁탕거리는 가야금 소리, 아쟁과 해금 가락에다 악악거리며 목을 다듬는 소리꾼들의 목청까지 섞여 경계를 구분할 수 없다.

벽에 기댄 채 비몽사몽 졸음에 빠져 있던 나는 사납게 여닫는 문소리에 눈을 번쩍 뜬다. 3학년 연지 선배다. 인상을 찌푸리고 들어선 선배의 넓고 하얀 이마가 잔뜩 일그러져 있다. 제멋대로 흘러 다니던 소음들이 한순간에 멈칫한다.

"아오, 빡쳐!"

연지 선배는 신경질적인 몸짓으로 내 몸을 밀어내더니 마룻바닥에 철퍼덕 주저앉는다. 짧은 치마가 허벅지 위로 바짝 당겨 올라간다. 시선을 둘 데 없어 당황하던 내 눈자위가 금세 뜨거워진다.

진학실에 다녀오는 길이라고 했다. 진학실에서는 3학년들 신학기 진학상담이 이어지고 있는 중이다.

"예종 가겠다고 했더니 담탱이 웃잖아."

연지 선배가 이마를 찌푸리며 내뱉는다. 정수리에 매인 똥머리가 신경질적으로 달랑거린다. 작고 날렵한 몸에 예리한 눈빛을 가진 선배다. 매력이라면 촉촉한 입술 사이로 드러나는 하얗고 고른 이. 여자애들의 크고 작은 가슴에도 관심 없는 내가 유일하게 매료되는 섹시코드다. 남자 선배들 사이에서도 인기가 많다. 그러나 전공 실력은 제로. 내가 선배에게 다가갈 마음을 접어 버리게 만드는 요소다.

판소리 전공인 연지 선배는 작은 몸 어디서 그런 소리가 나오나 싶을 만큼 소리통은 크지만, 고음으로 올라갈수록 떽떽거리는 생목이어서 듣기가 괴롭다. 그런 주제에 무슨. 예종은 아무나 주둥이를 처넣어도 되는 강아지 밥그릇인 줄 아시나.

나는 픽, 소리를 내며 웃는다. 그러자 연지 선배가 눈초리를 꼿꼿이 세운 채 나를 노려본다. 나는 어처구니없다는 표정으로 입꼬리를 비튼 채 또박또박 되묻는다.

"예, 종, 가, 시, 게, 요? 진, 짜, 루, 요?"

연지 선배의 눈동자가 일순간에 구겨진다.

"이런 썹새끼가!"

눈앞에 노란 빛이 솟구치며 얼굴이 홱, 돌아간다. 아이들은 입을 벌린 채 놀란 눈으로 연지 선배와 나를 바라본다. 볼을 감싸 쥔 내가 황당해하는 사이, 이내 발길질을 퍼붓기 시작한다. 순식간이다. 나는 이런 씨발, 하며 종주먹을 쥐고 일어섰으나 차마 달려들지는 못한다.

"이 씨발 놈아, 네가 뭔데?"

연지 선배의 눈이 핏물 밴 자목련처럼 붉다.

"너 이 새끼, 두고 보자!"

연지 선배는 터질 듯한 얼굴로 돌아선다. 쾅, 문짝이 부서

저라 닫고 사라지는 연지 선배를 보다가 나는 헛웃음을 치며 뺨을 쓸어낸다. 우두커니 지켜보고 있던 성현이 황급히 다가와 속삭인다.

"미쳤냐? 선배한테?"

녀석의 눈빛에 두려움이 어려 있다. 나는 인상을 잔뜩 찌푸린 채 연습실 문을 박차고 나와 버린다. 성현이 종종거리며 계속 따라온다. 나는 팩, 돌아서며 내뱉는다.

"뭐? 내가 틀린 말 했냐?"

"그래도 그렇지. 선배들이 지금 얼마나 예민한데……."

나는 이마를 찌푸리며 인상을 쓴다.

"주제 파악 좀 하라고 그랬다. 왜?"

성현은 나를 보며 한숨을 푹 쉰다.

"넌 나쁜 새끼야. 다른 사람도 아니고……."

나는 걸음을 멈추고 눈으로 묻는다. 뭐? 성현이 고개를 돌린다. 괜한 말을 끄집어냈다는 듯 낭패감 짙은 얼굴이다. 나는 큰소리로 다그친다.

"왜 그러냐고!"

성현은 결심한 듯 입을 연다.

"몰랐냐? 연지 선배가 너 좋아하는 거?"

멈칫한다. 연지 선배는 나를 볼 때마다 '이 시키, 엄마가 밥 안 주나?' 라며 놀리듯 이죽거리곤 했다. '우리는 비주얼에 목숨 걸어야 한다니까. 무대 인생 아니냐. 그러니 밥 많이 먹고 제발 살 좀 쪄.'라고 했던 게 선배의 진심이었나?

"시답잖은 소리 마. 인호 선배와 사귄다던데?"

성현이 어처구니없다는 듯 나를 흘겨본다.

"그건 인호 선배 일방이지."

연지 선배는 말끝마다 이 시키, 이 시키 하며 손바닥으로 내 머리카락을 헝클어뜨리곤 했다. 그럴 때마다 나는 선배의 손길에서 느껴지는 부드러움이 싫지는 않았다. 그래도 그렇지, 쥐뿔도 없는 주제에 잘난 척하기는! 누가 됐든 그런 사람은 밥맛이다.

성현은 걱정이 되는지 계속 따라붙으며 잔소리를 한다.

"너 같으면 후배한테 그런 소리 듣고 가만있겠냐고!"

나는 귀찮다는 듯 손을 휘저으며 짜증을 부린다.

"그만해. 알았으니까 그만하라고!"

성현과 나는 일찌감치 공부에는 손을 놔버렸으나 실기만큼은 누구에게도 지지 않겠다는 오기 비슷한 점에서 배짱이 잘 맞았다. 다른 점이라면 성현은 좀처럼 자신의 감정을 드러내지 않는다는 거고, 나는 성질머리를 있는대로 드러낸다는 거다.

"잊었어? 다나까 정신! 우리도 후배들한테 입이 닳도록 주입시키고 있잖아."

이럴 때는 아무리 좋은 친구라도 귀찮아진다. 내가 걸음을 멈추자, 성현이 따라붙을 듯 다가오다 우뚝 선다.

"이거?"

나는 성현에게 90도 각도로 허리를 굽혔다 편 다음 거수경례를 붙인다. 깍두기 머리를 한 보스에게 최대한 머리를 조아리는 조직원 포즈다. 이어 장난스럽게 입술을 옴츠리고 코맹맹이 소리로 흉내를 낸다.

"안녕하십니까? 저는 국악과 2학년 주성현입니다. 제 충정 어린 말씀에 화나신 겁니까? 다시는 그런 싸가지 없는 말은 하지 않겠습니다."

성현이 당황해하며 뒤를 살핀다. 이런 새가슴 새끼. 성현의 옴츠리는 모습을 보며 나는 더욱 목소리를 높인다.

"말끝에 '~요' 자를 못 붙이게 하면서 이따위로 사기 치는 '다나까 정신' 말입니까?"

성현이 그만하라고 슷제 팔을 휘저어댄다.

내가 어렸을 때부터 절대로 군대는 가지 않겠다고 고집한 이유가 이 때문이다. 어린 내 눈에 비친 군대는 말도 안 되는 억압으로 사람을 짓누르는 집단이었다. 더 어처구니없는 건 고등학교에서 군대보다 더한 군기로 후배들을 닦달하는 거다. 개뿔도 없으면서 선배랍시고 폼 잡는 게 얼마나 우스운 일인가.

"난 후배들한테 절대로 복종 따위를 강요하진 않을 거야."

성현은 내 말은 들은 척도 안한 채 걱정스런 낯빛으로 중얼거린다.

"별일 없어야 할 텐데……."

"왜 네가 난리야? 난 괜찮으니 신경 *끄라고*!"

나는 뒷목을 어루만지며 고개를 좌우로 꺾는다. 그러자 목에서 우두둑 소리가 난다. 대금을 불 때마다 고개가 왼쪽으로 향하다 보니 목뼈가 굳어 버리기 십상이다. 대금주자들 중에 목 디스크 환자가 많다는 이야기는 그래서 과장이 아니다. 엄마는 내가 우두둑 소리를 내며 고개를 젖힐 때마다 손사래를 치지만, 나는 뼈마디가 제자리를 찾아가는 듯 개운해져 습관이 되었다.

정말 괜찮을 일이었으면 좋았을 것이다. 정확한 상황 판단은 역시 내 몫이 아니었다. 밥시간이 되자마자 부리나케 급식실로 달려갔던 다이아가 숟가락은 집어보지도 못한 채 헐레벌떡 되돌아왔다.

"지, 지, 지금…… 국악과 전학년 남자애들…… 한 명도 빠짐없이 당장…… 합주실로 모이래!"

얼굴이 하얗게 질린 다이아는 숫제 말까지 더듬는다. 3학년 인호 선배의 소집이라고 했다. 타악을 전공하는 인호 선배는 국악과 군기반장이다. 말이 끝나기도 전에 아이들은 앞다투어 합주실로 뛰어간다. 나를 바라보는 성현의 눈동자에 두려움이 짙게 번져 있다.

턱주가리가 떨리기 시작한다. 그러나 나는 아무렇지도 않은 척 느린 걸음으로 합주실로 간다. 30여 명쯤 되는 남학생들이 이미 도열해 있다. 3학년 선배들은 팔짱을 긴 채 모여 서 있고, 1, 2학년 아이들은 인호 선배 앞에 ㄴ자형의 대열로 차렷 자세를 취하고 있다.

뒷짐을 지고 서 있던 인호 선배가 맨 마지막에야 들어서는 나를 날카로운 눈빛으로 쳐다본다.

"드디어 주인공께서 등장하셨군!"

인호 선배를 둘러싸고 있던 시선들이 일제히 나를 돌아본다. 그들의 눈빛이 무수한 바늘처럼 내 몸에 들어와 박힌다. 인호 선배는 2학년들을 앞으로 나오게 한다. 그들을 따라 엉거주춤 나서려는 내게 인호 선배는 턱을 치켜든 채 칼날을 꽂듯 내뱉는다.

"넌 그대로 있어!"

아이들은 겁에 질린 얼굴로 인호 선배의 눈길을 피한다.

"두말하지 않겠다. 대가리 박아!"

아이들은 당황한 얼굴로 주춤주춤 두 손을 바닥에 짚고 머리를 땅에 댄다. 다이아는 뚱뚱한 제 몸을 어쩌지 못해 허리 뒤로 손을 마주잡기까지 몇 번이나 나동그라진다. 그러자 호영 선배가 다이아를 발로 차 버린다. 내 입에서 쿡, 웃음이 터져 나온다.

"어라? 웃어?"

인호 선배가 어처구니없다는 듯 이맛살을 찌푸리자, 곁에 선 호영 선배가 날카로운 눈으로 나를 쏘아본다.

"그래, 많이 웃어둬라. 찍소리 못하게 해 줄 테니!"

인호 선배는 침을 찍 내갈긴 뒤, 엎드린 대열 뒤에서 잔뜩 겁에 질린 얼굴로 서 있는 1학년들을 향해 차가운 목소리로 또박또박 말한다.

"신입생들은 잘 봐 둬라. 선배한테 기어오르는 새끼가 있으면 같은 기수까지도 저렇게 된다는 것을!"

인호 선배는 손에 들고 있던 각목을 호영 선배에게 넘긴다. 호영 선배는 엎드려 있는 2학년 남학생 아홉 명에게 다가가 엉덩이를 다섯 대씩 후려갈긴다. 매를 맞은 아이들은 비명을 내지르며 나동그라진다. 그러자 인호 선배가 이맛살을 찌푸리며 소리친다.

"어쭈, 이놈들 봐라! 똑바로 못해?"

인호 선배는 나동그라진 채 비척거리는 녀석을 일으켜 세운다. 인문고에 갈만한 성적이 안 되자 입시 직전에서야 배운 장구 실력으로 겨우 예술고 문턱을 넘어선 성호다. 2학년인

지금까지 장단의 기본도 제대로 익히지 못해 어리바리하기 이를 데 없는 녀석.

"너, 이 새끼! 묻는 대로 대답해!"

"알겠습니다!"

성호는 벌겋게 피가 몰린 얼굴로 외친다. 얼굴 위로 땀이 줄줄 흘러내리고 있다.

"우리가 너희들한테 선배 기어오르라고 가르치디?"

"아닙니다!"

"그러면 선배들한테 뭘 배웠는지 말해 봐!"

"선배와 통화할 때 먼저 통성명하기! 전화걸 때 통화 가능한지 물어보기! 선배가 끊기 전까지는 먼저 끊지 않기! 선배들이 있을 때 모자 쓰고 있지 않기! 무슨 일이든 선배에게 먼저 보고하기! 교복의 시셔나 단추를 끝까지 채우기…… 등등 많습니다!"

"좋아, 이만 가 봐!"

성호는 비칠거리며 엎드려 있는 아이들의 대열 속으로 파고들어 간다. 인호 선배는 두 손을 허리 뒤로 모은 채 생각에 잠긴 듯 어슬렁거린다. 아이들은 불안한 눈빛으로 인호 선배를 바라보고 있다.

"우리는 학교에 있을 때뿐만 아니라 사회에 나가서도 각별한 선후배가 된다. 알고 있나?"

아이들은 '다나까 정신'을 되새기며 큰소리로 복창한다.

"알고 있습니다!"

"인문계 고등학교는 대학 가기 위한 관문에 불과하지만, 우리는 전공이 같아서 언제든 이 판에서 다시 만나게 되어 있다는 말이다. 아무리 실력을 빌미삼아 눙치려 든다 해도 선배는 엄연한 선배. 한번 미운 털 박히면 살아남기 힘들다는 말이다. 그러니 선배 함부로 넘보지 마라. 쥐도 새도 모르게 죽는 수가 있으니까!"

나는 속으로 코웃음을 친다. 웃기고 있네. 누가 모를 줄 알고? 선후배 위계를 빙자해 여친의 모독을 대신 벌하겠다는 거지.

인호 선배는 잠시 말을 끊은 다음, 차갑고 나직한 목소리로 다시 이어간다.

"우리도 그랬고 너희도 그렇게 배워왔으니 앞으로도 달라지지 않을 것이다. 게다가 이곳은 좁디좁은 지역사회야. 선후배 위계를 무너뜨리는 놈은 어디를 가도 밥 벌어먹기 힘들 것이다. 알았나?"

"알겠습니다!"

인호 선배는 뒷걸음질을 치더니 엎드린 대열을 향해 소리친다.

"모두 전진!"

아이들은 마룻바닥에 이마를 밀면서 앞으로 나아간다. 대열이 흐트러지고, 몸이 무너지고, 바닥에 주저앉는 아이들이 여기저기 속출한다. 그럴 때마다 어김없이 선배들이 아이들을 발로 걷어찬다. 나뒹굴다 가까스로 몸을 일으킨 아이들의 머리에 피가 배어 있다.

신입생들은 고개를 푹 숙인 채 차마 앞을 보지 못한다. 그들은 자신들이 왜 고개를 들지 못하고 있는지 아직은 모를 것이다. 어서 상황이 끝나기만을 바라며 막연한 불안감에 떨뿐.

하지만 3학년이 물러가고 나면 다시 2학년들이 1학년들에게 분풀이를 할 것이다. 오랜 전통이 그랬다. '니들 우릴 보고 웃었지? 당하는 꼴이 보기 좋디?' 하며 자신들이 당한만큼 후배들에게 돌려주는 이따위 오랜 전통은 개나 물어가라지.

"지, 지금부터 따리한디!"

인호 선배의 비장한 목소리가 합주실을 쩌렁쩌렁 울리며 퍼져나간다.

"선배는 하늘이다!"

"선배는 하늘이다!"

아이들은 엎드린 채 울분에 찬 목소리로 외친다. 하지만 나는 저들의 외침에 동참할 수 없다. 인호 선배는 교묘하게 나를 벌하고 있다. 제삼자에게 고통을 주는 방식으로 보란 듯이.

인호 선배는 아이들을 한동안 내려다본 다음 다시 말을 잇는다.

"너희들이 뭣 때문에 이 개고생을 하는지 알고 있겠지?"

"압니다!"

"말해봐!"

"저 개자식 때문입니다!"

아이들이 허리 위에 얹어 두었던 손으로 일제히 나를 가리킨다. 그러느라 엎드린 몸이 또다시 흔들린다. 아이들의 입에서 부르르 거품이 튀어나온다. 1학년들이 잔뜩 겁에 질린 눈빛으로 나를 힐끔거린다.

"일어서!"

아이들은 피가 밴 머리를 매만지며 주춤주춤 자리에서 일어난다. 입술을 앙다문 채 눈물을 흘리는 놈도 있고, 나를 노려보는 놈도 있다.

인호 선배는 한 녀석을 지목해 악기실에서 장구 가방을 가져오라고 명령한다. 녀석은 악기실로 뛰어가 장구를 빼낸 빈 가방을 들고 달려온다. 가죽으로 튼튼하게 만들어진 장구 가방이 입을 벌린 채 인호 선배 앞에 놓인다. 선배가 나를 보며 차갑게 내뱉는다.

"들어가!"

나는 움직이지 않는다. 이건 어디까지나 나와 연지 선배가 풀어야 할 사적인 일이다. 제삼자가 끼어들어 무자비한 방식으로 군기를 잡는 건 분명 잘못된 거다.

"싫습니다!"

숙이고 있던 아이들의 고개가 일제히 인호 선배에게로 향한다. 인호 선배의 눈빛이 흔들린다. 착잡한 심경이 손에 잡히는 듯하다. 인호 선배는 전체 남학생들이 바라보고 있는 순간에 또다시 불경죄를 저지르며 선배의 권위에 도전하고 있는 나를 책망하고 싶은지도 모른다.

내가 소속된 봉사동아리인 '비단길' 회장이었던 인호 선배는 요양원이나 장애인시설 재능기부 공연에 열심인 나를 각별히 챙겨 주었기 때문이다.

어쩌면 선배는 지금 연극을 하고 있는지도 모른다. 자신이 설정해 놓은 수위의 각본 속에서 내가 기꺼이 작품을 완성해 주기를 바라고 있을 것이다. 그것은 내가 장구 가방 안으로 들어가는 것이다. 입술을 앙다문 인호 선배는 꼿꼿한 눈빛으로 장구 가방을 가리킨다.

"좋게 말할 때 들어가!"

선배의 목소리는 잘 벼린 칼날이다. 나는 떨리는 이를 다시금 악문다. 좋아, 들어가 주겠다. 이왕 내뱉은 말이고 벌어진 일. 물론 비폭력저항의 간디가 되겠다는 건 아니다. 해볼 테면 해보자는 거다. 죽으라면 기꺼이 죽어 주겠다는 오기 같은 것이다.

나는 이 사이로 찍, 침을 내갈긴 다음 장구 가방 안으로 들어선다. 다시는 돌아오지 못할 블랙홀 속으로 빨려 들어가는 것 같다. 나도 모르게 이와 턱이 딱딱 소리를 내고 있다.

"뚜껑 닫아!"

인호 선배가 곁에 서 있는 녀석을 향해 눈짓을 한다. 곧바로 녀석은 장구 가방의 뚜껑을 내 머리 위로 덮더니 지퍼를 채워 나가기 시작한다. 공간은 점점 좁아들고 내 몸은 공처럼 둥글게 뭉쳐진다.

머리 위에서 드르륵 소리를 내며 지퍼가 채워진다. 세상은 막이 내린 듯 캄캄하다. 웅웅거리는 소리만 들려올 뿐, 누구의 말소리인지 가늠할 수 없다. 공포로 온몸이 쪼그라든다.

"시작해!"

멀리서 들려오는 목소리. 그러자 발길질이 내 몸을 향해 쏟아지기 시작한다.

픽! 픽! 픽! 한두 명이 아니고 열 명, 백 명, 천 명이 한꺼번에 내지르는 듯한 응징의 발길질이다. 숨을 쉴 수가 없다. 발길질은 머리, 등, 가슴 가리지 않고 무차별하게 쏟아진다. 내 몸은 장구 가방 안에서 둥글게 뭉쳐진 채 이리저리 구른다. 나는 입술을 앙다문다. 피가 나는지 입속이 비릿하다.

그때다. 누군가의 거센 발길이 겨드랑이 속으로 쑥 파고들어온다. 헉! 뼈가 으스러지는 것 같다. 고개가 떨어지고 의식이 점점 가물가물해진다.

마침내 발길질이 멈춘다. 죽음 같은 정적. 뚜껑이 열린다. 나는 위에서 내려다보던 수많은 눈빛의 실체를 알아보지 못한다. 하얀 빛살이 먼지처럼 부옇게 번져 있을 뿐이다.

"나와!"

누군가 내게 손을 건넨다. 가슴 통증이 뼈를 짓이기는 듯해 금방이라도 까무러칠 것 같지만 아직 의식을 잃은 것은 아니다. 그러니 멋지게 걸어 나가야 하지 않나. 적어도 쪽팔리지는 말아야 한다. 똑바로 걸어 나가야 한다.

머리가 핑그르르 돌며 고개가 제멋대로 꺾인다. 누군가 다가와 겨드랑이에 양손을 밀어 넣고 나를 일으켜 세운다. 하지만 내 몸은 그의 손아귀 안에서 물 자루처럼 주르르 흘러내린다.

"데려가!"

의식이 점점 흐릿해진다. 정말 돌겠네, 일어나야 하는데, 포즈는 잡아야 하는데, 씨발 미치겠네. 나는 혼미한 정신을 추스르며 온힘을 다해 일어서다 가슴을 움켜쥔 채 쿵, 소리를 내며 뻗어 버린다.

3
죽을 고비

어디선가 대금 소리가 들려온다. 나는 누군가의 손에 이끌려 캄캄한 어둠 속을 걸어가고 있다. 끊일 듯 이어지는 가락은 연기처럼 흐트러지려는 내 의식을 끈질기게 붙잡고 있다. 선율이 무척 귀에 익다. 내가 가장 즐겨 연주하는 〈날개〉가 아닌가.

나는 선율에 취해 휘청휘청 걷다 넘어지고 만다. 내 손을 잡고 있던 누군가의 손이 뚝 떨어진다. 손은 바람에 구름이 밀려가듯 점점 멀어지고, 나는 빗방울처럼 떨어져 혼자 남는다. 구름이 사라지고 시야가 선명해진다. 물너울처럼 어른거리던 형체들이 차차 윤곽을 드러낸다.

"나야! 알아보겠니?"

누군가 와락 내 몸을 붙잡는다.

"오, 하느님! 감사합……!"

말이 채 끝나기도 전에 울음부터 쏟아진다. 나는 손을 저으며 울음 속을 헤쳐 나가려 하지만, 머리와 손이 바닥에 붙은 채 움직이질 않는다. 울음의 실체가 점차 또렷해진다. 정신을 차려 보니 내 몸이 온통 초음파선과 링거 줄로 결박당해 있다.

"알아보겠니? 나야. 엄마라고!"

엄마가 울음 섞인 목소리로 다급하게 소리친다. 물기가 잔뜩 묻은 코맹맹이 소리다. 나는 눈동자를 돌려 좌우를 살핀다. 뚱뚱한 간호사가 팔에 감겨 있는 혈압계를 풀어내며 큰소리로 말한다.

"여긴 중환사실이에요. 이틀 만에 깨어난 거 알기나 해요?"

엄마의 얼굴이 우주인만큼이나 낯설다. 멀고 먼 행성을 돌아 이제 막 지구로 귀환한 느낌이다. 때마침 면회 와 있던 옆침상의 보호자들이 일제히 나를 돌아보며 한 마디씩 던진다.

"오메! 정신을 차렸는갑네. 허긴 애린 것들은 누가 돌봐도 돌봐 주는 모냥인게."

"그러게, 정말 기적이네! 부러진 갈비뼈가 폐를 찔렀다는디……."

"옛말에 어린애가 지붕에서 떨어지면 조왕신이 사뿐히 안아 준다고 허등만……. 참말인갑네."

"그라제. 어른들 같으면 택도 없는 일이제……."

바람이 부는지 유리창 밖 리기다소나무가 혼령처럼 흔들린다. 그러자 꿈속에서 들었던 대금 소리가 바람결을 타고 흘러드는 것 같다. 참으로 선연한 가락이었다. 어쩌면 나는 〈날개〉가 이끄는 선율을 따라 이곳에 당도하였는지도 모른다는 생각이 든다.

그렇다면 대금 소리가 나를 살려낸 것인가. 선율에 취해 넘어지지 않았다면, 나는 그 억센 손에 이끌려 다시는 돌아올 수 없는 강을 건넜을지도 모른다. 그 손의 감촉이 어땠는지는 도통 기억나지 않는다.

중환자실이 한순간 축제처럼 달아오르지만, 나는 이들의 환호에 동참하기엔 너무나 어리둥절하고 피로하다.

"응급실에 도착하자마자 수술실, 중환자실까지 일사천리로 이어졌지 뭐니?"

엄마가 아직도 믿기지 않는다는 듯, 코맹맹이 소리로 말한다. 얼마나 걱정을 했는지 눈꺼풀이 푹 꺼져 있다. 곧이어 아빠가 초췌한 몰골로 허겁지겁 모습을 드러낸다. 링거 줄로 어지러운 내 손을 뺨에 갖다 대며 아빠가 흐느낀다.

"이놈아……!"

아빠의 말끝이 수그러든다. 나까지 덩달아 눈물이 핑, 돈다.

"이만하길 천만 다행이다!"

마취가 덜 풀렸는지 아니면 진통제 때문인지 허공에 붕 떠 있는 느낌이다. 통증은 느껴지지 않는다. 차근차근 기억을 되살려보려고 애쓰지만 어디서부터 끊겼는지 알 수 없다.

중환자실은 생각보다 시끄럽다. 의식 없는 대부분의 환자들이 모인 이곳에서 웃을 줄 아는 사람은 나뿐인가 싶다. 시시때때로 급박한 신음 소리에 종종거리는 발자국 소리가 한밤중까지 이어지기도 한다. 면회시간 외엔 누구도 허락되지 않는 중환자실의 소음은 복도에서 기다리는 사람들은 상상할 수 없을 것이다.

하지만 나는 어서 이곳을 벗어나고만 싶다. 진통제가 소진될 때미디 숨을 쉬기도 이려올 만큼의 통증이 수시로 이어진다. 잠을 잘 수조차 없다.

중환자실에서 벗어나 도시가 한눈에 내려다보이는 전망 좋은 1인실에 안착하게 된 나는, 비로소 깊은 잠에 빠질 수 있었다. 수시로 잠이 쏟아진다. 내가 깊이 잠들어 있는 동안 부러지고 어긋나 버린 갈비뼈들이 제자리를 찾아가고 있을 것이다. 그렇게 소리 없이 낮밤이 흘러간다.

이른 저녁을 먹고 얼핏 잠이 들었던가. 울음소리가 꿈결처럼 귓속에 파고든다. 나는 잠에 취한 눈꺼풀을 힘겹게 밀어 올린다. 어둠이 창밖을 병풍처럼 막아서 있다. 엄마의 울음 사이로 안절부절못하는 아빠의 목소리가 섞여든다.

"제발 소리 좀 낮추라니까!"

아빠가 낮게 속삭인다. 그러나 아빠의 조바심에도 엄마의 울음은 좀처럼 그치지 않는다.

"당신도 알잖아요……. 우리가 저 애를…… 얼마나 어렵게 가졌는지……."

"내가 그걸 왜 모르겠어?"

"고등학교를 서울로 가겠다고 했을 때도 떼어놓을 수 없어 못 보낸 아이예요……. 큰소리로 나무란 적도 없었다고요. 그런데 이게 뭐예요? 맞아죽을 뻔 했잖아요. 그런데 그놈들을 선처하자고요? 제발 말 같지 않은 소리 그만해요!"

엄마는 격한 감정을 이기지 못한 채 흐느껴 운다. 아빠가 간절한 목소리로 부르짖는다.

"애 듣겠어. 제발 소리 좀…… 낮추라니까!"

"그런 놈들은 몽땅 교도소에 처넣어야 돼요……. 누가 봐도 이건 살인미수라고요!"

아빠는 할 말을 잊은 듯 창밖을 바라본다. 어두운 창밖으로 도시의 불빛이 아스라하게 내다보일 것이다. 아빠의 표정이 유리창에 되비치듯 눈에 선하다. 곤혹스러운 순간이면 만들어지는 이마에 굵은 주름 세 개까지.

"학교로 찾아가겠어요! 절대 안 된다고, 이대로 두면 학교 폭력은 절대로 없어지지 않을 거예요."

아빠는 엄마를 달래듯이 낮은 목소리로 말을 잇는다.

"걔들도 이렇게까지 일이 커질 줄은 몰랐을 거야. 죽으면 어쩌나…… 얼마나 가슴을 졸였겠어? 우리만 가슴 졸인 게 아니라고. 그러니 걔들도 이미 벌을 받은 셈이지."

"용서할 수 없어요. 난 절대로 용서하지 않을 거야!"

엄마는 아빠의 말을 들으려고도 하지 않은 채 미친 듯 고개를 흔들며 소리친다. 숫제 소리를 내어 엉엉 운다. 아빠는 엄마의 어깨를 다독이며 부드럽게 속삭인다.

"당신 심정 모르는 게 아니야. 나도 화가 나. 왜 하필이면 우리에게 이런 일이 일어났는지……."

아빠는 생각을 정리하듯 잠시 말을 끊는다.

"여보, 그쪽 부모 생각을 해 봐. 당신한테도 자식이 있잖아. 입장을 바꿔서 내 자식이 때린 애가 죽을까 봐 가슴 졸이고 있다면……."

그러자 엄마는 도리질을 치며 아빠의 말을 막아 세운다.

"당신 바보예요? 왜 우리가 그 사람들을 이해해 줘야 돼요?"

간절한 설득에도 요지부동인 엄마를 바라보며 아빠는 길

게 한숨을 내쉰다.

"당신, 내 말을 그렇게도 모르겠어? 선처하자는 거, 다 우
리 준우를 위해서야……. 어차피 졸업하면 이 판에서 다시 만
나게 될 애들이야. 당신 아들, 왕따 만들고 싶어? 그렇지 않다
면 용서해야 해. 우리 아들을 위해서라도……."

엄마의 울음이 뚝 그친다. 한동안 무거운 정적이 흐른다.
끝까지 못 들은 척 해 줄 수 있었는데, 움직이지 않고 있자니
좀이 쑤셔 견딜 수가 없다. 뒤척이는 척 돌아누우려다 나는
가슴을 움켜쥔다. 아! 신음이 터져 나온다. 엄마는 나를 얼싸
안고 아빠는 다급히 간호사를 부르러 뛰쳐나간다.

병실을 옮기자 맨 먼저 들이닥친 녀석도 역시 성현이다.

"축하한다, 무사귀환을!"

엄마에게 꾸벅 인사를 하며 들어선 성현이 내 앞으로 꽃다
발을 내민다. 프리지아와 수선화가 초록 이파리 사이로 고개
를 내밀고 있는 앙증맞은 꽃다발이다. 성현을 보자 엄마의 표
정이 복잡해진다.

"죽는 줄 알고 다들 식겁했는데 쌩쌩하네."

크, 성현이 느물거리며 웃는다.

"너, 이 새끼! 나 죽었나 확인하러 왔지?"

"그런 소리 마. 이거 사는데 뒤통수가 간질거려 혼났다. 평

소 안하던 짓을 하려니……."

나는 피식 웃으며 꽃다발 속에 얼굴을 묻는다. 진한 프리지아 향기가 콧속으로 들어온다. 그러자 재채기가 터진다. 연이은 재채기는 기침으로 이어지고, 가슴이 빠개질 듯한 통증을 불러온다. 가슴을 저미며 내는 것 같다. 꽃다발이 침대 아래로 떨어진다.

나는 무릎을 가슴에 바짝 오그려 붙인 채 몸부림친다. 나를 붙잡은 엄마는 어쩔 줄 몰라 쩔쩔매고 서 있는 성현에게 간호사를 불러오라고 소리친다. 성현은 사색이 되어 복도로 뛰쳐나간다. 나는 숨도 제대로 쉬지 못한 채 헉헉거린다.

간호사가 진통제를 놓고 혈압과 체온을 재며 한바탕 난리를 피운 뒤에야 나는 움켜쥔 가슴을 놓고 긴 한숨을 몰아쉰다. 벌겋게 달아오른 얼굴이 땀으로 흥건하다. 손등에도 핏줄이 시퍼렇게 돋아 올라 있다. 나는 천장을 향해 반듯이 누워 눈을 감는다. 성현이 죄지은 사람처럼 엄마에게 고개를 조아린다.

"죄송해요."

"……."

엄마는 대답하지 않는다.

"이만 가 볼게요."

성현이 엄마에게 허리를 깊이 숙이고 돌아선다. 나는 눈을 번쩍 뜬다.

"가지 마!"

성현을 따라 문밖을 나서려던 엄마가 멈칫 나를 돌아본다.

"가지 말라고!"

성현이 나를 돌아보며 싱긋 웃는다. 엄마가 머리카락을 쓸어 넘기며 성현과 나를 번갈아 쳐다본다. 괜찮겠니? 엄마가 눈으로 묻는다. 나는 고개를 끄덕인다. 엄마는 꽃다발을 창가의 꽃병에 꽂아 놓는다. 오후의 역광을 받은 노란 꽃잎이 초록 이파리 속에서 선연하다.

엄마는 성현에게 일의 자초지종을 묻고 싶은 눈치를 거두고, 이것저것 먹을 것을 챙겨 주고는 집에 다녀오겠다며 병실을 나간다. 두 손을 배꼽에 모은 채 엄마의 뒷모습을 예의 바르게 지켜보고 서 있던 성현이 닫히는 병실 문에 대고 꾸벅 인사를 한다.

"너, 아까 꾀병이었지?"

성현은 실실 웃음을 쪼개며 침대 머리맡으로 다가온다.

"개자식! 약 올리려면 가라."

나는 가슴을 손으로 지그시 누르며 이마를 찌푸린다. 침을 삼킬 때도, 숨을 쉴 때도 가슴에게 물어봐야 한다. 나 기침해도 되니?

"오늘 학교 안 갔어?"

"인마, 오늘은 일요일이야. 날짜 가는 줄 모르는 걸 보니 아주 팔자 늘어졌구나?"

풋, 나는 바람 빠지는 소리를 내며 웃는다. 가슴에 선을 긋듯 미세한 통증이 지나간다. 불현듯 시무룩해진 성현이 넋두리하듯 중얼거린다.

"재미없어."

"뭔 개소리야?"

"장단 쳐주는 사람도 없는데 혼자 소리만 꽥꽥 지른다고 연습이 되냐?"

"같잖은 소리 마. 우리 반에 장단 전공자들이 얼마나 쌔고 쌨는데……."

"새끼야, 여자면 다 똑같은 여자냐? 강약을 알고 만질 데 알아서 만져 줘야 기척이 오지. 너 같으면 초보들이 밟아대는 급브레이크 난폭 운전에 소리가 나오겠냐고!"

"어쭈? 너 제법이다?"

나는 다시 또 가슴을 싸안는다. 제발 웃기지 좀 마. 시큰한 통증이 바람결처럼 지나간다. 이 녀석은 매사가 이런 식이다. 상대를 각별한 존재로 만들어 따뜻하게 끌어들이는 힘.

우리는 서로의 틈새를 장단으로 가려줄 수 있는 유일한 친구다. 컨디션이 안 좋거나 소리가 나지 않을 때면 귀신같이 알아차려 추임새로 덮어 준다.

나는 천부적 재능으로 가득 찬 성현의 소리에 북장단을 맞추는 행운을 누리지만, 항상 행복한 것은 아니다. 시샘이 없다면 거짓이다. 실기에서 쌍벽을 이루고 있으면서도 가장 친한 친구이니 선의의 경쟁자라고 할까. 그러니 어떤 식으로든 서로를 의식하지 않을 수 없다.

몸을 뒤척이자 링거 줄이 가볍게 흔들린다. 나는 바늘이 꽂힌 손등의 푸릇한 멍 자국을 바라보며 성현에게 묻는다.

"어떻게 된 거냐?"

"이만하길 다행인 줄 알아! 금샘이 아니었더라면……."

"금샘?"

"그래, 느낌이 있었나 봐. 평소 같으면 서로 먼저 먹겠다고 급식실에서 난리치던 애들이잖아. 그런데 한 명도 보이지 않았으니……. 여기저기 찾아다녔나 보더라고."

얇은 입술을 떨며 초조해했을 담임선생님의 갸름한 얼굴이 떠오른다. 아이들은 가야금 전공자인 선생님을 '금샘'이라 불렀다. 금샘은 어깨가 좁아 쪽 찐 머리와 한복이 잘 어울리는 전형적인 미인형이다.

"119에 전화하는데 금샘 얼굴이 완전 사색이더라. 여자애들이랑 학생부장 몰려오고……. 그런 난리가 없었지."

금샘은 수업 시간에 만날 딴짓하고, 엎드려 자느라 공부도 안하는 나를 유일하게 이해해 주는 선생님이다. 우리 학교 국악과 선배이기도 한 금샘은 우리를 학생으로만 대하지 않고 후배처럼 챙겨 아이들에게 인기가 많다. 나처럼 속 썩이는 학생만 없다면 금샘도 전공 연습에 열중할 수 있을 텐데. 첫 연주음반도 냈으니 본격적으로 시작해도 좋을 시점인데……. 미안하게 됐다.

"장난으로 찬 건데……. 안 깨어나니 애들 모두 죽을상이었다니까."

"그게 어떻게 장난이냐?"

"인호 선배가 그동안 얼마나 너 잘 챙겼냐? 아마 신입생들 앞에서 군기 잡느라 보여 주려고만 했을 거야."

이 새끼, 제 몸 아니라고……. 나 참. 말을 말자.

"병실 옮긴 건 어떻게 알았어?"

"어제 금샘이 알려 주시더라. 니네 아빠가 연락하신 거 아냐?"

으으! 나는 새삼스레 울분에 차올라 소리를 내지른다.

"이 좆만한 새끼들! 다들 빵깐에 처넣었어야 했는데……."

"그러게 말이다. 애들도 빵 구경할 절호의 기회를 놓쳤다고 어찌나 아쉬워하던지! 크크크."

성현은 아이들을 대신해 키득거린다.

"입만 나불거리는 네놈부터 처넣어야 했어……."

그러자 성현이 장난스레 눈을 빤히 뜨고 나를 쳐다본다.

"어떻게 알았어? 내가 찼다는 거?"

성현이 내 갈비를 가리키며 킬킬거린다. 녀석의 작은 눈이 넓적한 얼굴 속에서 잠길 듯 웃는다.

"너 아니면 누구겠냐? 너 새끼, 곰발바닥이잖아!"

"그럼, 곰발바닥 맛 한번 진짜로 보여 줄까?"

성현이 태권 자세로 두 주먹을 쥔 채 오른쪽 다리를 눈높이까지 번쩍 들어올린다. 폼만 그럴듯했을 뿐 몸이 균형을 잡지 못해 뒷걸음치더니 엉덩방아를 찧고 만다.

"꼴좋다! 고만해 새끼야!"

나는 인상을 북북 쓰며 손사래를 쳐댄다. 성현은 바지를 털고 일어나더니 침대에 엉덩이를 걸치고 앉는다. 성현은 목소리를 낮추어 속삭이듯 말한다.

"인호 선배랑 호영 선배, 연지 선배 모두 학폭위에 회부됐대."

나는 아무런 대답도 하지 않는다. 사실 나도 그들에게 별다른 악감정을 가진 것은 아니다. 특히 연지 선배, 미워할 리가 없지. 열심히 하지도 않으면서 실력 있는 것처럼 허세 부리는 게 싫었을 뿐이다.

"학폭위에 회부되면 어떻게 되는 거냐?"

"글쎄……."

성현은 고개를 갸웃할 뿐 대답을 하지 못한다. 하긴, 너 같

은 놈이 소리나 바락바락 지르는 거 말고 아는 게 뭐냐? 물어
본 내가 잘못이지. 아빠가 오자 성현은 바통 터치를 하고 돌
아갔다.

"좀 어떠냐?"

아빠는 웃옷을 옷걸이에 걸고 세면기에 손을 씻으며 묻는
다. 나는 고개를 끄덕이며 손수건으로 물기를 닦아내는 아빠
의 뭉툭한 손가락을 쳐다본다. 저리도 못생겼다니. 내 손과는
완전 딴판이다. 내 손가락은 가늘고 길어서 대금의 지공을 짚
어 가기에 딱 좋은 손이다. 아빠처럼 작고 깡똥한 손가락을
갖고 태어났더라면 대금 불기가 어려웠을 터이다.

하지만 내 손은 생각만 많고 게으른 손이다. 대금 말고는
할 줄 아는 게 없으니까. 이삐는 짧고 못생긴 손으로 많은 일
을 해낸다. 잠시도 가만히 있지 않는 손이다. 볼품없지만 천성
적으로 부지런한 손. 엄마가 땔나무꾼이라고 놀리는 손이다.

복도가 소란해지며 저녁 배식차가 지나간다. 식판을 가져
와 숟가락에 생선살을 얹어 입에 넣어 주는 아빠. 혼자 먹을
수도 있지만 아빠가 떠먹여 주는 것이 좋아 널름널름 받아먹
는다. 새끼에게 모이를 먹여 주는 어미새 같은 아빠의 얼굴에
미소가 흐뭇하다.

"오늘 완전 좋았어!"

아빠 기분이 무척 좋아 보인다. 내가 씹고 있던 밥을 꿀꺽 삼키며 눈을 크게 뜨자,

"입찰 땄거든."

"정말?"

아빠가 얼굴 가득 웃음을 띠고는 고개를 끄덕인다.

"응, 이번엔 좀 큰 거야."

건설회사를 운영하려면 조직폭력배 정도는 끼고 해야 한다는데, 순하디순한 성격 탓에 남한테 모진 소리 한 마디 못하는 아빠가 버텨 나가는 게 용하다. 폼 나는 양복은커녕 만날 점퍼 차림으로 현장을 돌아다니니 사장인 줄도 모른다. 아빠는 주어진 일이 크든 작든 꼼꼼하게 마무리해 준다. 그러기에 작은 일감이라도 끊이지 않고 들어오는 눈치다.

"아빠도 같이 드세요."

"엄마 오면 집에 가서 먹을게."

식판을 정리한 아빠는 엄마를 기다리며 소파에 앉아 끄덕끄덕 존다.

아빠의 작은 몸은 태어날 때부터 많은 일을 하며 살아가도록 만들어졌다. 현장에 나가서도 직접 벽돌을 만져보고 못질을 살핀다. 자신이 제대로 알아야 일을 맡길 수 있다는 철칙 때문이다.

집에서도 늘 부지런하게 움직인다. 아침마다 과일주스를

갈아 주는 사람도 아빠다. 아빠는 나와 엄마의 컵에 주스를 따르고는 남은 마지막 한 방울까지 쪽 소리가 나게 마신다. 그러고는 나를 학교에 데려다주고 회사로 간다. 그러니 회사에선 아빠가 늘 일착이다.

저녁운동을 나갔다가 따뜻한 붕어빵을 사오는 사람도 아빠다. 아빠는 아이스크림을 비닐봉지에 들고 가 인부들과 나눠 먹는 사장님이다. 촌에서 나고 자랐으면서 자신의 촌스러움을 부끄럽게 생각하지 않는 촌스러운 아빠가 나는 좋다. 나는 남의 시선에 개의치 않는다는 점은 아빠를 닮았지만 성실한 면은 하나도 닮지 않았다.

엄마가 병실 안으로 들어선다. 엄마 얼굴이 자체 발광이다. 덕분에 병실 안이 환하다. 깨끗한 피부에 복스러운 외모를 가진 엄마의 때깔을 이제야 찾은 듯하다. 피곤에 절어 TV 앞에서 비몽사몽 졸고 있는 아빠와는 완전 딴판이다.

팔자도 좋지. 어렸을 적 고생이라곤 씨알도 모르고 살아왔다는 엄마는 또 무슨 복으로 아빠를 만나 저리도 극진한 대접을 받는 건지. 그런데도 엄마는 작고 못생긴 아빠를 가리키며 내 팔자야, 내 팔자야, 하는 꼴이다. 아빠는 그런 엄마를 귀엽게 봐준다. 엄마가 잠에서 덜 깬 아빠에게 웃옷을 입혀주자, 아빠는 비몽사몽 땔나무 등짐을 진 듯 비틀거리며 집으로 돌아갔다.

4
집을 나갔다고?

　밤이다. 소란스러운 병실 복도가 고요해지는 시각, 내겐 가장 기다려지는 때다. 나는 잠든 엄마를 깨울세라 살금살금 걸어 복도로 나간다. 복도에 앉으니 아스라하게 야경이 내려다보인다. 도시의 불빛들이 액자 속의 그림처럼 들어앉는다. 하늘의 별들이 내려와 일구어낸 불빛들 같다. 고단하게 잠을 청하고 있을 사람들에게 꿈도 없는 긴 단잠을 선물하고 싶어지는 밤.

　그들에게 내가 해 줄 수 있는 일은 무엇일까. 대금을 불어 주는 일 뿐인데 언제 불어 봤는지 기억조차 까마득하다. 피딱지가 내려앉은 입술 부위는 다 나았지만, 대금을 불어 본 지가 하도 오래되어서 입술이 근질근질하다. 엄마는 다 나을 때까지 손도 대지 말라며 대금을 갖다 주지도 않는다.

손때 묻은 내 대금. 잘 있을까. 대금을 만질 수도 없는 지금, 내가 할 수 있는 일이라곤 음악을 듣는 것뿐이다. 음악을 듣고 있으면 세상의 모든 소음이 사라진다.

내가 좋아하는 음악은 클래식이나 국악 전반의 연주들이다. 클래식에 대한 관심은 어렸을 때부터 배웠던 피아노에서 시작되었다. 국악을 공부하면서부터는 정악이나 산조 등 가리지 않고 듣는다. 전통과 현대음이 어우러진 창작곡은 더욱 신선하다. 아빠가 질 좋은 앰프를 설치해 준 뒤 감상의 즐거움이 더 커졌다.

내 꿈은 장차 국립국악원 창작악단 단원이 되는 것이다. 그러기 위해서는 갈 길이 멀다. 일단 많이 불고, 많이 들어야 한다. 내가 대금을 나의 '여친'이라 부르는 것도 같은 이유다. 잠시도 좋아하는 마음을 그만둘 수 없는 대상, 잠시도 떨어져 있을 수 없는 존재이니까.

이어폰 속으로 원장현의 창작곡 〈날개〉가 흐르고 있다. 한 장의 연기처럼 떠 있던 내 의식을 이곳으로 이끌었던 음악이기도 하다. 〈소쇄원〉이나 〈젓대소리〉도 좋지만, 나는 〈날개〉를 특히 좋아한다. 〈날개〉에는 첫 무대의 소중한 추억이 깃들어 있기 때문이다.

중학교 3학년 여름. 내가 속해 있던 대금연구소에서 방송

국 공연장을 빌려 발표회를 가진 적이 있었다. 태풍이 남쪽으로부터 올라오고 있다는 일기예보가 있기는 했지만 비가 오지는 않았다. 그러나 오후가 되면서 우중충한 하늘을 배경으로 바람이 점차 강해지기 시작했다. 현수막이 으르렁거리고 가로수가 요란하게 머리카락을 흔들어댔다.

발표회는 예정된 시간에 맞춰 시작되었다. 대금산조 합주로 시작된 연주가 창작곡과 민요를 거쳐 가야금 협연으로 이어졌다. 드디어 대금 독주인 내 차례가 되었다. 차분하게 시작하는 신디사이저의 배경음에 따라 〈날개〉를 연주하기 시작했다. 거기까진 좋았다.

1분쯤 지났을까. 갑자기 윙, 소리와 함께 파밧파밧 불꽃이 튀기 시작했다. 소리는 더 커졌다. 신디사이저의 음향과 마이크의 소음에 섞여 내 연주는 완전히 묻혀 버렸다. 당황한 스태프가 다급하게 다른 마이크로 교체해 주었지만 관객들에겐 들렸다 안 들렸다 하는 모양이었다. 마침내 스태프가 전원을 꺼 버리자 정적이 찾아들었다. 나의 대금 소리는 아주 작게 퍼져나갔다. 청중들은 숨을 죽이며 마지막 남은 한 소절의 연주를 들었다.

연주를 마친 내가 인사를 하고 퇴장하자 관객들이 박수를 쳤다. 스태프들이 마이크의 이상 유무를 확인하는 동안, 사회자가 머쓱해하며 다시 마이크를 잡았다.

"금방 기상청에서 연락이 왔는데 천둥과 번개가 원인이랍니다. 하필이면 그 시간에 말이죠. 재능이 있는 학생인데 아쉽네요……."

그러자 관객들 사이에서 '다시 해! 다시 해!' 소리가 터져 나오기 시작했다.

나는 쑥스러운 얼굴로 다시 무대에 섰다. 스태프는 내가 선 자리에 마이크 하나를 덧대어 주었다. 나는 신디사이저의 배경음에 맞추어 리허설을 마친 연주자처럼 여유 있게 연주를 끝낼 수 있었다.

집으로 돌아오는 길이었다. 엄마가 대견스러운 듯 내 얼굴을 들여다봤다.

"좋았어!"

"뭐가?"

나는 시치미 떼며 딴청을 부렸다. 엄마는 미소를 가득 담은 얼굴로 말했다.

"그런 상황에서도 끝까지 연주를 하다니! 나 같으면……."

엄마는 고개를 설레설레 흔들었다. 나는 어깨를 으쓱이며 말했다.

"엄마, 그건 진정한 연주자의 자세가 아니야."

"에구, 저 잘난 체!"

엄마는 나를 흘겨보며 호들갑을 떨었다.

내가 기쁨을 느끼는 순간은 늘 이런 식이다. 오래전 엄마 아빠와 함께 갔던 레스토랑에서도 그랬다. 홀에 놓여 있는 하얀색 그랜드피아노에 까닭 없이 마음이 홀렸다. 한 번도 본 적이 없던 피아노였다. 유치원생이었던 나는 건반을 눌러보고 싶어서 안달이 났다. 음식 먹는 것도 잊어버린 채 줄곧 그랜드피아노만 쳐다봤다.

마침내 나는 그랜드피아노 앞으로 달려가 의자 위에 올라 앉는 모험을 감행했다. 띵, 딩동~ 손끝에 와닿던 황홀한 음색에 취해 연신 건반을 눌러댔다. 조용한 레스토랑에 스타카토로 울려 퍼지는 단음들이 귀에 거슬렸던지 사람들이 이마를 찌푸렸다. 당황한 아빠가 홀로 달려와 나를 껴안았다. 발갛게 상기된 아빠가 사람들을 향해 더듬더듬 말했다. '오늘이 저희들 결혼기념일인데요, 아들이 축하 연주를 꼭 해주고 싶다고 해서요.' 아빠의 재치 있는 말이 끝나자마자 사람들은 일제히 박수를 쳐주었다. 순간 온몸에 퍼지던 붉은 피돌기. 내 무대 인생은 그렇게 시작되었는지도 모른다.

금샘이 병문안을 왔다. 3학년 담임선생님인 네모샘과 함께였다. 나는 이어폰으로 음악을 듣고 있다가 화들짝 놀라 샘들을 맞았다. 얼굴이 네모진 탓에 깐깐한 인상을 주는 네모샘의 얼굴이 수척해져 있다. 마음을 쓴 흔적이 역력하다.

"이 녀석, 좀 어떠냐? 학교 안 나오니까 그저 좋지?"

금샘이 네모샘 앞에서 나에게 혼내는 말투로 묻는다. 엄마는 냉장고를 열어 캔 음료를 꺼낸다. 금샘은 괜찮다며 몇 번을 사양하다가 마지못해 받아든다.

"애들이 네 걱정 많이 하더라."

'흥, 죽여 놓고 그런 소리 하라지!'

나는 혼잣말로 이죽거린다. 그래도 된다. 왜 그런지는 모르지만 금샘은 늘 내 편이라는 생각이 든다. 금샘과 이야기하고 있으면 가슴 한쪽이 따뜻해진다.

학년 초였나. 금샘과 우연히 빵집에서 마주친 적이 있었다. 마침 카운터에 서 있던 금샘이 내 빵 값까지 계산했다. 꾸벅 인사를 한 뒤 빵을 입에 물고 돌아서려는데 금샘이 나를 불렀다.

"체하겠다……. 앉아라."

금샘은 내 몫으로 주스를 주문했다. 1학년 때는 금샘을 먼발치에서만 봤을 뿐 말을 나눠본 적은 없었다. 나는 긴장된 얼굴로 금샘을 물끄러미 쳐다보았다.

"너 완전 짱이더라."

나는 놀라서 눈을 크게 떴다. 그러자 금샘이 슬그머니 미소를 지으면서 말을 이었다.

"그냥 잘하는 게 아니라 재능 있어."

두둥~ 가슴이 뛰었다.

"전공에 대한 열정이 온몸으로 터져 나오더라. 너의 에너지가 나를 매혹시켰다는 거지. 사물도 잘하던데? 북장단은 또 언제 공부한 거야?"

"작년에요."

금샘이 고개를 끄덕였다.

"우리 반에 소리 잘하는 애 이름이 성현이지?"

"네."

이번에는 내가 고개를 끄덕였다.

"서로 장단을 쳐주는 걸 봤는데 환상의 콤비더라. 게다가 넌 방송기자재도 잘 다루고. 1학년인데도 학교 행사에 아주 적극적이어서 눈에 띄었지."

"앗, 저에 대해 모르는 게 없으시네요. 샘은 스토커세요?"

금샘의 눈동자에 잠시 당황한 빛이 스치더니 이내 눈가에 미소를 가득 머금었다.

"맞아, 나는 열심히 잘하는 사람의 에너지를 훔쳐 오고 싶은 스토커지!"

우리는 서로를 바라보며 웃었다. 금샘은 자리에서 일어서며 손을 내밀었다.

"올해는 나도 너희들의 기를 받아 열심히 해봐야겠다. 우리 파이팅 하자~"

그랬는데, 하이파이브까지 해가며 첫 만남을 장식했는데 이 꼴이 뭐람. 나는 괜스레 미안해져 병실 창밖으로 시선을 옮긴다. 도시의 지붕들이 어둠 속으로 잠겨들고 있다. 그러는 동안 네온사인이 꽃처럼 피어난다. 아무 말 없이 듣고만 있던 네모샘이 엄마를 향해 입을 연다.

"심려를 끼쳐드려서 죄송합니다. 드릴 말씀이 없네요."

엄마가 굳은 얼굴로 외면한다. 엄마의 묵묵부답에 더욱 난처해진 네모샘이 고개를 숙인 채 캔 주변에 맺힌 물방울을 밀어낸다. 희고 가는 네모샘의 손가락이 창백하다.

"준우 아버님이 학교에 다녀가셨어요. 교장 선생님께 아이들의 선처를 부탁하셨고요."

엄마는 여전히 아무런 대꾸도 하지 않는다. 용납하고 싶지 않으신 거다. 분위기가 어색해지지 금샘이 미소를 지으며 끼어든다.

"준우가 선배들에게 미움을 사게 될까 봐 염려하시는 것 같았어요. 인호 아버님도 백배사죄하셨고요……."

엄마는 금샘을 보며 겨우 표정을 푼다. 내가 금샘을 좋아한다는 것을 아시는 거다.

"경과가 좋으니 그나마 다행이죠."

"준우 아버님의 선처가 학폭위 위원들의 마음을 움직여 간신히 퇴학은 면하게 됐어요."

네모샘의 말에 엄마의 표정이 다시 굳어진다. 그러자 금샘이 덧붙인다.

"사실 걔들이 아주 질 나쁜 애들은 아니거든요. 3학년이 되니까 입시부담 때문에 예민해져서 그랬던 것 같아요. 게다가 인호는 준우 봉사동아리 선배이기도 하구요. 어쨌든 준우 아버님 덕분에 학교에서도 한숨 돌린 기색이에요. 고맙습니다."

엄마가 천천히 고개를 끄덕인다. 어두운 얼굴로 묵묵히 듣고 있던 네모샘이 가만히 입을 연다.

"그런데 문제가 생겼어요."

휴대폰을 만지작거리며 듣기만 하고 있던 나는 네모샘의 말에 귀를 쫑긋 세운다.

"연지가 집을 나갔어요."

"네?"

엄마가 눈을 크게 뜨고 네모샘을 바라본다.

"연지는 어머니가 초등학교 때 돌아가신 뒤부터 아버지와 단둘이 사는데, 아버지도 연지 소식을 모르시더군요."

병실 분위기가 무겁게 가라앉는다. 복도를 지나쳐가는 사람들이 두런대는 소리만 이따금씩 들려올 뿐이다.

"의견진술서와 상담서류를 제출하고 학폭위 출석을 기다리고 있었거든요. 어쩌면 연지는 자신의 징계 결과도 모를 거예요. 제발 무슨 일이나 없어야 할 텐데……."

우리학교 도서목록

2015 봄

www.woorischool.co.kr
서울시 마포구 합정동 47-8 청우빌딩 6층 T. 02-6012-6094 F. 6012-6092

호통판사 천종호의 진심어린 고백

"누군가는 이 아이들의 상처를 보듬어주어야 합니다."

아니야, 우리가 미안하다

따뜻한 신념으로 일군 작은 기적

어디에서도 만날 수 없었던 감동과 눈물의 소년법정 이야기. 학교폭력의 가해자가 되어 법정에 선 소년들, 굶주림과 가족 해체로 비행으로 접어든 아픈 아이들의 이야기가 가슴 찡하게 펼쳐진다.

천종호 지음 | 351쪽 | 값 15,000원

★문화체육관광부 우수교양도서
★한국출판문화진흥원 추천도서
★서울시교육청 추천도서
★경상남도교육청 추천도서
★행복한아침독서 추천도서

이 아이들에게도 `신간`
아버지가 필요합니다

천종호 판사가 우리 사회에 던지는 따뜻한 메시지

천종호 판사가 법정에서 만난 우리 사회의 다양한 아버지 군상이 녹진하게 녹아 있으며 아버지 부재가 가시화된 지점에서 벌어지는 일을 생생하게 것 그대로 여과 없이 보여 주고 있다.

천종호 지음 | 344쪽 | 값 15,000원

우리는 '무슨 일'이 무엇을 의미하는지 알고 있다. 어느 날 갑자기 전해질지도 모를 불운한 소식에 가슴을 떠는 것이다.

형광등 불빛 아래로 때 이르게 모여든 하루살이들이 어두운 얼굴들 위로 어른어른 그림자를 만들며 날아간다.

샘들이 돌아가고 나는 음악 감상에 집중할 수 없어 몇몇의 아이들에게 전화를 건다. 연지 선배의 행방을 아는 아이가 아무도 없다. 평소 거친 말을 입에 달고 살았던 연지 선배. 실종인가 가출인가. 아……. 정말로 무슨 일이 생기면 어떡하지?

한편으론 내가 왜 이렇듯 마음을 써야 하는지 짜증이 난다. 왜 죄인 같은 마음이 드는지. 연지 선배는 자신으로 인해 죽을 고비를 넘겨야 했던 내 상황을 알기나 하냔 말이다.

나는 가슴을 움켜쥔 채 끙, 소리를 내며 돌아눕는다. 연지 선배에게 무슨 일이 생기면 사람들은 나 때문이라고 생각하게 될까? 가해자와 피해자가 바뀌어버리는 말도 안 되는 상황이라니. 이게 무슨 황당 시추에이션이냐. 나도 참, 쓸데없는 일을 걱정하는 데는 도가 텄다.

병원 문을 나선다. 입원한 지 한 달만이다. 자동차 유리창을 활짝 열고 마음껏 코를 벌름거린다. 상쾌하고 달콤한 자유의 냄새다. 철망에 갇혀 있던 새가 창공으로 마음껏 날아오르는 느낌이랄까. 비상의 환희가 어떤 것인지 알 것 같다. 병원을 벗어나는 동안 세상은 만발한 철쭉꽃으로 온통 붉은색 천지다.

집에 들어서자마자 가장 먼저 찾은 것 역시 대금이다. 나를 기다려주었을 대금을 보자 코끝이 찡하다. 연인이 입을 맞추듯 조심스레 불어 본다. 하지만 그동안 잔뜩 삐쳐 있었다는 것을 증명이나 하듯 대금은 나를 밀어내 버린다. 소리가 제대로 나지 않는다. 이런!

다음 날, 엄마는 내 가슴에 붕대를 친친 감으며 몸을 함부로 굴리지 말라고 신신당부를 한다. 학교로 향하는 자동차 유리창으로 뚝뚝 봄비가 떨어지고 있다. 아빠는 줄곧 거북이 운행을 한다. 방지턱 하나를 넘는데도 조심스러워하는 아빠의 굳은 표정이 백미러에 비친다.

빗물에 촉촉이 젖은 5월의 교정은 아름답다. 화단의 연초록 이파리가 비를 받아 한껏 선명하다. 아카시아 꽃잎이 군데군데 물웅덩이에 하얗게 고여 있다. 때마침 운동장에선 축구를 하고 있는 남자애들이 눈에 들어온다. 자세히 보니 국악과 2, 3학년들이다.

차에서 내린 나는 운동장을 흘깃 돌아본 다음, 잔뜩 아픈 척을 하느라 오만상을 찌푸린 채 교무실로 들어선다. 제각각 업무에 몰두해 있던 선생님들이 나를 보고 알은체를 한다.

"이 짜식, 사~ 라~ 있네?"

"그만하길 다행으로 알아."

선생님들은 나를 쳐다보면서 짓궂게 한 마디씩 던진다. 아빠는 외출 중인 교장 선생님을 만나지 못한 채 돌아가고, 나는 아이들을 보기 위해 운동장 스탠드를 향해 걸어간다. 시멘트 계단으로 만들어진 그곳은 등나무 넝쿨로 지붕을 엮은 탓에 비가 새어들지는 않는다.

아이들은 웅덩이진 운동장에서 슛을 날리다 미끄러진다. 물먹은 공은 한없이 무거워 보인다. 패스 도중 엉키고 부딪히기도 한다. 그럴 때마다 아이들은 서로를 부둥켜안는다. 흙과 빗물로 만신창이가 된 채 비척거린다.

골대 가운데 엉거주춤 서 있던 다이아가 스탠드에 들어서는 나를 힐끗 돌아본다. 그러자 수비 중인 성호가 다이아의 시선을 따라왔다가 나와 눈이 마주친다. 얼른 고개를 돌린 그들은 나를 본체만체 축구에만 열중한다.

비는 점점 거세게 내린다. 아이들은 비와 땀으로 진탕이 된 얼굴을 흔들며 함성을 질러댄다. 온몸으로 느끼는 쾌감은 무엇으로도 바꿀 수 없다는 듯 만족감으로 넘쳐난다. 다이아의 굼뜬 몸놀림으로 막아내지 못한 공이 비에 젖은 골망을 흔든다. 교실 유리창마다 얼굴을 내민 아이들이 고래고래 소리친다.

"박아! 박아! 박아 버려!"

함성은 계속된다. 그들은 축구를 빙자하여 무언가를 쏟아 내고 있는 것처럼 보인다. 빗줄기가 굵어질수록 아이들의 함성은 더 높아진다. 황홀하고 눈부신 에너지다. 부딪혀 넘어지고 부둥켜안으면서 하나가 되는 일체감이다. 하나가 된 그들이 마냥 부럽다.

비에 흠뻑 젖은 성호가 골대를 향해 힘차게 공을 밀고 간다. 이때 측면에서 파고든 인호 선배가 슬쩍 공을 빼내 내가 있는 곳을 향해 길게 걷어낸다. 공은 내 앞으로 떨어진다. 나는 벌떡 몸을 일으킨다. 공을 잡으러 뒤뚱뒤뚱 뛰어간다. 잡은 공을 발로 차려던 내게 인호 선배가 손짓한다.

나는 자석이 극에 이끌리듯 운동장 속으로 빨려 들어간다. 가슴이 덜컹거린다. 통증과는 또 다른 흔들림이다. 이미 젖을 대로 젖어버린 아이들이 바락바락 소리를 질러댄다. 그들의 아우성은 운동장을 넘어 멀리멀리 퍼져 나간다.

나는 인호 선배를 향해 힘껏 공을 찬다. 그러자 선배가 공을 붙잡아 나를 향해 다시 밀어준다. 나는 골대를 향해 힘차게 달려가 오른쪽 발을 내뻗는다. 골망이 요란한 몸짓으로 흔들린다. 동점으로 이어가던 경기가 순식간에 역전으로 돌아선다. 나도 발길질은 잘할 수 있다!

5
우물 안 개구리

나는 지금 노샘과 수강생들 앞에서 '상령산'을 연주하고 있다. 한 달에 한 번꼴로 그룹지도를 받는데, 혼자 연습할 때는 알지 못했던 서로의 장단점이 확연히 드러난다. 노샘만의 노하우다. 명인에게서보다 또래들과의 경쟁 속에서 더 많이 배운다는 것을 알고 계시는 거다.

'상령산'은 〈평조회상〉의 첫 번째 곡이다. 〈평조회상〉은 조선시대 말 순조의 왕세자였던 효명세자가 어머니 순원왕후의 40세 생신을 경축하기 위해 창경궁에서 잔치를 열었을 때 연주한 정악곡이다. 낮고 은은하게 연주되는 궁중음악인 만큼 우아하고 섬세한 곡인데도 손가락이 제대로 움직여주지 않는다. 연주를 하면서도 틀리거나 제맛을 살리지 못할까 봐 조마

조마하다. 그러니 자신감은 일찌감치 멀어질 수밖에.

이어 진구의 연주가 이어진다. 진구는 나와 동갑내기인 서울국악고 학생이다. 아버지가 국악계에서 알아주는 중진이다. 삼촌, 고모까지 모두 국악 전공자이다 보니 국악계의 정보는 모두 진구의 입에서 나온다. 나 같은 지방 신출내기와는 비교할 수 없는 가계도를 가졌다. 거들먹거리는 모습이 눈꼴시릴 정도다.

진구와 가연, 영배는 어렸을 때부터 국악에 입문하여 국악중을 거쳤다. 전형적인 서울 토박이들인 만큼 조선의 도읍지인 한양에서 시시때때로 행해지는 종묘제례악을 접하게 되는 것은 자연스러운 일이었을 것이다. 그것은 시골 출신인 내가 민속악에 가지는 자신감과는 종류가 다른 것이다. 나는 민속악인 산조에서만큼은 그들에게 절대로 지지 않는다는 자부심을 가지고 있지만, 정악은 고전을 면치 못하고 있다.

온힘을 다해 김을 넣는 진구의 연주는 연습실을 울리며 우렁차게 퍼져나간다. 이어지는 가연과 영배의 경우도 마찬가지다. 서울국악고 아이들의 강점은 전반적으로 정악에 강하다는 거다.

내가 주말마다 서울까지 올라와 레슨을 받기로 결정한 것도 정악에서 느낀 위기감 때문이었다. 지난해 여름, 나는 전통예술 신진인력 양성지원 프로그램인 '전국 예술계고교 국악

전공생 심화교육'을 받았다. 보름간의 합숙훈련 동안 기라성 같은 명인들로부터 직접 교습을 받았다. 문화예술계 명사, 국악계 선배와 나누었던 대화도 마찬가지다. 그때의 경험은 우물 안 개구리 같았던 내 의식을 깨우쳐준 일대의 사건이었다.

영배에 이어 동연 선배의 연주가 시작된다. 3학년인 선배의 연주는 언제 들어도 매끄럽다. 정악뿐만 아니라 산조에서도 결코 뒤지지 않는다. 하지만 동연 선배는 연주를 끝내고도 여전히 마뜩찮은 표정이다. 자신이 만족할 때까지는 티끌만한 결점도 허용하지 않겠다는 결벽이 느껴진다.

동연 선배는 주말마다 부산에서 올라와 레슨을 받는다. 지방에 꼭꼭 숨겨져 있어도 뛰어난 실력을 가진 사람은 반드시 알려지게 되어 있다. 동연 선배는 유수한 전국대회에서 받은 최고의 수상 실적으로 국아전공생들에게 자신의 존재감을 각인시켜 놓았다. 선배는 서울대 국악과를 지망하고 있다.

국립국악원 정악단 단원인 노샘은 40대 초반의 나이답지 않게 청바지를 즐겨 입는다. '부러우면 지는 거다.'라는 말을 입에 달고 산다. 꼼꼼하고 다정해서 아이들에게 인기가 많다. 얼마 전, 머리숱이 적어 걱정인 노샘이 파마머리로 슬그머니 변신을 하고 나타나 우리들의 찬사를 받았다.

수강생들의 연주가 모두 끝나자 노샘은 서로의 연주에 대한 감상을 묻는다. 합평을 유도하시는 거다. 하지만 우리는 섣불리 입을 떼지 못한다. 경쟁적 관계가 분명한 상황에서는 사소한 감평에도 필요 이상으로 예민해지기 때문이다. 동연 선배는 특히 심하다. 후배나 또래 누구와도 말 한마디 섞는 법이 없다. 오직 자기관리에만 치중한다.

하긴 동연 선배뿐이랴. 우리는 대학입시에서뿐만 아니라 사회 어느 곳에서건 다시 만난다. 그러니 실력으로 승부를 가릴 수밖에 없다. 그게 이 판에서 살아남는 유일한 방법이라는 것을, 나는 지방이 아닌 서울에서 배운다.

"너희들 말이야, 자신감 있어 보이려고 내지르는 모양인데 거칠고 탁한 소리 내느라 힘 빼지 마라. 대금 고유의 소리를 살린다 생각하면서 불어야지. 쯧!"

노샘은 곁에 놓인 물잔을 들어 목을 축인 다음 호흡과 취법(吹法)에 대한 설명을 이어간다. 우리는 노샘을 따라 반복적으로 숨을 들이마셨다 내쉰다. 그런 우리들의 모습이 레슨실 전면 벽거울을 통해 그대로 되살아난다.

지금껏 대금이 오랜 세월 전해 내려올 수 있었던 것도 저렇듯 정교한 호흡과 취법을 통해서 나온 음색 때문일 것이다. 내가 대금이라는 악기에 홀린 것도 마찬가지다. 맑으면서도 가볍지 않았고, 부드러우면서도 약하지 않았다. 하지만 연주자로서 만족할 만큼 아름답고 깊은 소리를 내기란 얼마나 어려운 일인가.

"연습 게을리하지 마라. 재능이 넘치는 사람도 노력에는 못 당하는 법이야."

우리는 우물쭈물 대답을 피한 채 서로의 얼굴을 쳐다본다.

"너희들, 조선총독부도 알아서 모셨다던 김계선 명인에 대해 다들 알고 있겠지?"

우리는 서로의 얼굴을 힐끗 바라보며 겸연쩍게 목을 움츠린다.

"'대금계의 신선'이라 불렸던 천하의 김계선이지만, 사람들이 그의 타고난 재능을 부러워할 때마다 이렇게 한탄했대. '사람들은 제게 별다른 비밀이라도 있는 것처럼 생각하는데, 저는 그저 남의 곱절, 아니 몇십 배 더 많이 대금을 불었다는 것밖에는 없습니다. 그밖에는 아무 것도 없습니다.'"

눈을 지그시 감고 읊조리는 노샘의 목소리는 윙윙거리는 에어컨 소리 속에서도 나직하다. 노샘의 엄정한 멘토로서 가슴에 남아있던 김계선 명인은 죽은 뒤에도 노샘의 입을 빌려 우리를 찾아오고 있는 셈이다.

그러자 내내 가방을 만지작거리고 앉아 있던 동연 선배가 주뼛거리며 입을 연다. 조급한 얼굴이다.

"저는 이만 가볼게요."

동연 선배는 통보하듯 자신의 말이 끝나자마자 곧바로 연습실을 나가 버린다.

"시간이 벌써 그렇게 됐니?"

손목시계를 들여다보던 노샘이 그제야 자신도 늦었다는 듯 황황히 일어선다. 노샘이 문밖으로 나서는 것을 확인한 진구가 입을 삐쭉이며 말한다.

"야, 동연 선배 좀 너무하지 않냐? 그래도 선생님인데 일어나시기 전까지는 기다려줘야지."

그러자 영배가 진구의 말을 받아친다.

"말 마. 넌 더했어."

"나야 진짜로 바빴으니까 그랬지!"

그러자 가연이 질세라 끼어든다.

"너는 괜찮다면서 다른 사람 꼴을 못 보는 건 뭔 심보냐?"

가연은 산조를 연주할 때 악착같이 깁을 내는 아이다. 실기평가 결과가 마음에 차지 않으면 바로 선생님을 찾아간다. 악보대로 연주를 했는데 왜 점수가 이거밖에 안 되느냐며 따진다. 악보대로 정확히 연주하면 만점을 맞을 수 있다고 생각하는 것이다.

할 말을 찾지 못한 진구가 입을 다물어버린다. 나는 대금 가방을 챙기며 집에 갈 채비를 한다. 그러자 가연이 등 뒤에서 큰소리로 내게 묻는다.

"준우야, 너 난계대회 나갈 거야?"

"글쎄……."

나는 말끝을 흐린다. 아직 결정을 못했다.

"거긴 정악과 산조, 두 개 다 보는 곳이라 네게는 만만치 않을 텐데……."

대금 가방의 지퍼를 닫던 손이 멈칫한다. 한 명이라도 덜 나가줘야 자신들이 수상권에 든다는 걸 말하고 싶은 거다. 사실 이런 욕심으로 무장한 아이들이 대거 참가하는 난계대회에서 나의 수상 가능성은 높지 않다.

나는 화난 척 아무런 대답도 하지 않은 채 가방을 챙긴다. 일부러 툭툭 소리를 내며 불쾌한 기색을 감추지 않는다. 그러자 아이들은 나를 힐끔거리며 그들만의 수다를 이어간다.

"난계대회는 전국에서 알아주는 대회니까 이번에도 참가자들이 많겠지?"

"그러니까 입시에서 권위를 인정받는 거지. 대학을 수시로 가려면 그쪽 스펙을 쌓아 놔야 안심할 텐데. 2학년이 되니 마음이 급해지네."

"난 작년에 나가봤는데……. 와~ 장난 아니더라. 애초에 수상은 바라지도 않았지만……."

"그땐 다들 분위기 파악이나 하자고 나간 거잖아."

진구가 맞장구를 친다. 지방 아이들은 생각지도 못하고 있을 때, 서울 아이들은 일찌감치 전국 유수의 대회를 몸으로 익히고 있는 것이다.

우리 학교의 경우는 어느 대회든 같은 전공의 선배가 참가하면 후배는 무조건 접어야 한다. 상의 개수가 정해져 있다 보니 실력이 탁월하다 해도 마찬가지다. 후배가 수상하면 선배는 상 하나를 뺏기는 느낌을 받는다. 그땐 죽음이다. 심사 위원들의 공정한 채점도 소용없다. 선배가 뻔히 버티고 있는데 어디서 감히 후배가!

"동연 선배도 나간대니? 선배 나가면 우린 망했다."

"작년에 그 대회에서 수상하지 않았어?"

"아참, 그랬나?"

"동연 선배는 동아콩쿠르 준비하고 있는 모양이던데? 입시 직전 마지막 대회라 그런지 절대 포기할 수 없다는 눈치야."

"나도 동아콩쿠르에 나갈 생각인데? 운 좋아 수상권에 들면 더 좋고……."

가연의 목소리가 갑자기 낮아진다. 귀가 쫑긋 당겨지는 느낌이다.

"야, 그래도 준우 산조 실력 하나는 다들 알아주잖아?"

"그렇지, 웬만한 샘들도 준우 이름은 다 알더라니까."

"그러게. 지방 예고생이 그 정도면 엄청 잘한다고 봐야지. 이 동네는 한 번 잘한다고 인정받으면 소문 퍼지는 거야 뭐 금방이니까."

"야, 근데 준우는 산조만 잘하지, 정악은 좀 그렇지 않냐?"

가연의 낮게 속삭이는 소리가 선명하게 들려온다. 나더러 들으라고 일부러 하는 소리 같다.

서울국악고는 어렸을 때부터 일찌감치 전공의 길에 들어선 아이들이 모인 학교다. 전국에서 내로라하는 아이들로 이루어진 서울국악고생들은 모두가 쟁쟁한 실력을 갖추고 있다. 재능을 갖춘 데다 훈련까지 빡세게 이루어지는 학교 분위기는 내가 다니는 지방 예술고와 비교할 수조차 없다.

아이들의 대화에 귀를 세우려니 생머리가 다 아프다. 학교에서는 제법 잘한다는 소리를 듣는 나지만, 서울에만 오면 늘 기가 죽는 이유도 이런 아이들의 위세에 눌린 탓이다. 지금껏 '우물 안 개구리'에 불과했다는 생각을 떨칠 수가 없다. 개울가에서 놀던 물고기가 넓은 강으로 흘러나왔지만 언제 잡아먹힐지 모른다는 불안감도 크다.

6
음악? 뭐 먹고 살래?

대금 가방을 둘러메고 연습실을 나선다. 어스름이 깔리기
시작하는 초여름 저녁이다. 마침 자동차 시동을 걸고 있던 노
샘이 지나가는 나를 불러 세운다.

"지금 내려가는 거냐?"

"네!"

그러자 노샘이 조수석을 가리키며 말한다.

"타라. 가다 내려줄게."

"정말요?"

나는 노샘의 자동차에 냉큼 올라탄다. 자동차는 비탈진 언
덕을 내려와 차도로 들어선다. 나는 의자에 엉덩이를 걸치고
앉아 점점 회색빛으로 물들어가는 거리를 내다본다.

거리의 네온사인이 하나둘 꽃처럼 피어오른다. 고속터미널에 가까워질수록 자동차는 더 늘어나고, 길게 늘어선 자동차는 가다 서다를 반복하며 느리게 움직인다.

"몸은 좀 어떠니? 지난번에 다친 데는 이제 괜찮은 거야?"

노샘이 나를 돌아보며 묻는다.

"네, 괜찮아요."

"다행이네."

노샘이 혼잣말로 중얼거린다.

"어쨌든 조심해라. 우리 같은 사람들에겐 몸이 악기 아니냐. 특히 손가락. 안 다치게 간수 잘하고."

문득 운전대 위에 놓인 노샘의 손가락에 시선이 쏠린다. 살점이라곤 없는 길고 앙상한 손가락이다. 다리를 다친 무용가가 무대에 설 수 없듯, 손가락이 온전치 않으면 대금연주자가 될 수 없다. 나는 새삼 보물을 쥐듯 부드럽게 손가락을 감싸 쥔다.

"너 정악 실력 많이 늘었더라. 처음에 왔을 때는 가히 볼만했지."

"네, 산조에만 신경 쓰느라 정악은 제대로 못했어요. 열심히 할게요."

"아무래도 지방에서는 정악 공부하기가 쉽지 않을 거야."

노샘은 이해가 간다는 듯 고개를 끄덕인다.

"그래도 넌 늦게 시작한 사람치고는 진척이 빠른 편이지. 음감이 있으니까. 국악원 선생들도 네 산조 실력만큼은 인정하더라. 지방촌놈한테는 대단한 칭찬이지. 너 정도면 정악도 금방 해낼 수 있을 거야. 그렇지?"

노샘이 나를 쳐다보며 묻는다. 애정을 듬뿍 담은 눈빛이다. 심장의 박동이 두서없이 뛰어 댄다. 나는 노샘의 따뜻한 격려에 화답이나 하듯 힘차게 고개를 끄덕인다.

잠깐의 정적이 흐른다. 나는 무심히 유리창 밖으로 시선을 주고 있다가 혼잣말처럼 중얼거린다.

"샘, 저 같은 피라미들에게 서울은 강일까요? 바다일까요?"

노샘이 뜨악한 눈빛으로 나를 돌아본다.

"지금껏 개울에서 물장구만 치고 있었다는 생각이 들어서요."

"나도 너만 할 때는 강원도 피라미였어."

노샘은 혼잣말로 덧붙이며 앞을 주시한다. 침묵이 이어진다. 터미널에 가까워지는 동안 사람들이 점점 많아진다. 차가 횡단보도에 멈춰 서자 양쪽에서 기다리고 서 있던 사람들이 밀물처럼 섞여든다. 나는 유리창에 시선을 고정시킨 채 여전히 꿈속에 잠긴 듯한 목소리로 묻는다.

"사람들 많은 거 보세요. 이 사람들도 다 강원도에서 오고, 경상도에서 오고, 전라도에서 올라들 왔겠죠? 사람들은 왜 다들 서울로 몰려드는 걸까요?"

"그러는 넌? 서울에 왜 왔니?"

"모르겠어요. 그냥 조바심이 났어요. 답답하기도 했고요."

생각에 잠긴 얼굴로 앞을 응시하던 노샘이 마침내 입을 연다.

"서울은…… 기회의 땅이니까."

"기회의 땅이요?"

"그래, 서울은 기회가 주어진다는 점에서는 지방과 다르지. 누구나 잡아챌 수 있는 것은 아니지만……."

나는 고개를 끄덕인다.

"물론 호락호락하지는 않아. 기회는 한정되어 있는데 차지하려는 사람은 많고……."

노샘은 한층 생각이 많아진 얼굴로 말을 잇는다.

"네가 보기에 그 모든 기회가 인맥과 권모술수에 의해 돌아가는 것 같지? 어떤 류파를 전공하고, 누구에게 사사 받고, 누구의 선후배라는 것. 하지만 꼭 그런 것은 아니야. 이 판은 곧 죽어도 '실력'이야. 그것만은 잊지 마라. 실력 있는 사람은 누구도 함부로 하지 못해. 끝까지 희망을 버릴 수 없는 이유지."

"하지만 그 선을 넘기가 힘들잖아요?"

"물론이지. 그래서 다들 선을 뛰어넘기 위해 쉴 새 없이 개구리처럼 뛰어오르는 거고. 그러는 동안 갖가지 인맥을 동원하고 암투를 부리기도 하지만……. 사실 그 단계를 넘어서 버리면 아무것도 아니야."

"샘은 어떠세요?"

"나도 마찬가지야. 선을 넘지 못한 축에 끼어서 힘들게 버티고 있는 거지. 서울살이 20년이 넘었는데도 똑같은 자리에서 맴돌고 있다는 생각이 들어. 그럴 때마다 때려치우고 싶지만 좀 지나면 언제 그랬냐 싶고……."

웃기지 않냐 하는 표정으로 노샘이 나를 바라본다. 눈가에 가느다랗게 실금이 그어져있다.

"산다는 것 자체가 녹록치 않은 일이긴 하다만……. 그래도 좋아하는 일을 하다 보면 순간순간 보람과 희열을 느끼는 순간이 오거든. 그 희열로 나머지 어려움을 견디는 거지. 그 차이야. 기꺼이 버티는 사람과 억지로 버티는 사람의 차이. 행복한 사람과 불행한 사람의 차이."

터미널이 점점 가까워진다. 나는 가방을 챙겨 차에서 내릴 채비를 한다.

"저녁밥은 어떡할래? 사줄게 먹고 갈래?"

"아, 아니에요. 먼저 표를 구해 봐야 해서요."

그러자 노샘이 몸을 뒤척이더니 엉덩이에서 지갑을 꺼내 만 원짜리 두 장을 꺼낸다.

"시간 남으면 국밥이라도 한 그릇 사 먹고 가거라."

"저 돈 있어요!"

나는 놀란 얼굴로 목소리를 높이며 도망치듯 차에서 내린다. 그러자 노샘의 말이 따라붙는다.

"없어서 주는 거 아니다. 촌놈이 서울을 멀다 하지 않고 올라와 열심히 하는 것이 대견해 그러는 거야. 내가 지방촌놈 아니냐. 내 어릴 적 모습이 딱 너야."

뒤에서 기다리던 차가 빵빵거린다. 노샘이 뒤를 힐끗거리더니 다급한 말투로 소리친다.

"어서 받아!"

노샘이 유리창 너머로 돈을 던지다시피 건네고는 서둘러 출발한다. 나는 비상등을 깜빡이며 시야에서 멀어지는 노샘의 자동차를 멀거니 쳐다보며 서 있다. 자동차의 불빛이 가슴속으로 따뜻하게 흘러든다.

평소에도 노샘이 나를 볼 때마다 습관처럼 강조하는 것도 체력이다.

"대금은 몸으로 부는 악기야. 창자가 다 쏟아질 때까지 훅훅 기운을 내뱉는 거란 말이야. 넌 재능은 있다만 몸이 비리비리해서 영 마뜩찮아."

그럴 때마다 나는 장난스럽게 팔목을 걷어붙인다. 살점 하나 없이 하얀 팔뚝 위로 굵은 핏줄만이 앙상하게 드러난다.

노샘은 푸, 소리를 내며 비웃음을 토해낸다.

일요일 오후, 고속터미널은 지방으로 내려가려는 사람들로 몹시 붐빈다. 창구 앞에는 버스표를 사기 위한 사람들로 긴 행렬을 이루고 있다. 그들 틈에 끼어 30여 분을 기다려 얻은 표는 2시간 후에 출발하는 일반고속이다. 경비를 아끼기 위해서는 기다리는 수밖에는 도리가 없다.

좀처럼 표를 구하기 쉽지 않은 일반고속을 타고 다녀도 주말마다 소모되는 경비는 적지 않다. 정악과 산조 각각의 레슨비와 숙식비에 교통비까지 합하면 내가 쓰는 한 달 경비만으로도 웬만한 사람의 월급을 훌쩍 넘어선다. 찜질방에서 숙식을 해결해도 마찬가지다. 그러니 아무나 서울 레슨 엄두를 못내는 거겠지.

레슨을 서울에서 받기 시작한 뒤 몸에 붙은 생존술은 오로지 견디는 것이다. 그것이야말로 지방촌놈이 서울에서 버텨낼 수 있는 유일한 방법이다. 차가 막혀도 견뎌야 하고, 버스를 기다리는데도, 밥을 먹는데도, 레슨 순서도 기다리고 견뎌야 한다. 때로는 서서, 때로는 앉아서, 때로는 졸면서 버틴다. 그러는 동안 무엇 때문에 서울 사람이 되려 하는지 생각한다. 속칭 '인 서울'에 대한 열망의 정체가 무엇인지.

노샘은 나를 가리켜 '지방촌놈'이라고 말했지만, 나는 서울에 사는 사람을 제외하곤 모두 '지방천민'에 다름없다고 생각한다. 대한민국의 모든 길은 서울에서 시작되고 서울에서 끝나버릴 뿐, 떡고물 하나 지방에 떨어지는 것은 없다. 문화적인 행사만 봐도 그렇다. 변변한 무대에 출연하기는커녕 제대로 된 공연 하나 감상하기 힘들다. 그러니 길이 있는 곳에 사람들이 몰려드는 거겠지.

버스표를 주머니에 꽂으며 무심히 대합실로 걸음을 옮기는 동안, 나는 문득 낯익은 얼굴을 발견한다. 여자는 의자에서 일어나 플랫폼을 향해 종종걸음을 치고 있다. 작은 키에 긴 생머리를 찰랑이며 오만하게 걸어가는 저 여자는 분명 연지 선배다! 나는 걸음을 빨리해 여자를 쫓아간다. 가출을 했다면 분명 서울 쪽으로 튀었을 테니 틀림없을 거다.

여자를 앞질러 돌아서는 순간, 한숨이 푹 쏟아진나. 세상에는 왜 이렇게 닮은 사람이 많은가. 창의성 없는 조물주의 솜씨가 원망스러울 지경이다. 도대체 선배는 왜 집을 나가가지고……!

대합실을 서성이다 빈 의자를 찾아 앉는다. 어깨에 둘러메고 있던 대금 가방을 두 다리 사이에 세워놓고 허벅지를 바짝 붙인다. 버스를 기다리는 동안 졸다가 생길지도 모를 만일의 사태에 대비하는 것이다.

내게 대금은 등에 솟은 혹처럼 몸에서 떼어낼 수 없는 신체의 일부다. 친구들 중에는 버스나 택시에 악기를 놔두고 내리는 놈들이 종종 있다. 몇백만 원을 호가하는 가격도 만만치 않은데다 내게 맞게 길들이는 동안 들인 노력과 정성을 돈으로 환산할 수는 없다.

애초 마음에 맞는 악기를 구하는 것도 쉽지 않았다. 구한 뒤에도 내 입에 맞기까지에는 적잖게 공을 들였다. 원하는 소리를 만들기 위해 날렵하고 예리한 조각용 칼을 가지고 다니면서 취구를 깎아내기도 했고, 반대로 별의별 접착제를 붙여 소리가 과도하게 새나가는 것을 막았다. '선 목수가 연장 타령' 한다는 꾸지람을 듣기도 했다. 그렇게 하여 악기는 내 몸과 완전히 하나가 되었다. 그러니 어깨에 멘 대금 가방을 언제든 더듬지 않을 도리가 없다.

기다리던 버스가 천천히 플랫폼으로 미끄러져 들어온다. 나는 버스에 올라 구석에 자리를 잡고 앉는다. 맨 뒷자리를 예약해 앉는 것도 대금 때문이다. 구석에 세워놓고 허벅지와 어깨로 고정시키고 잠이 들어야 안심이다. 안전벨트를 채우고 나니 몸이 쇳덩이처럼 무겁다. 등받이에 몸을 기대고 눈을 감자마자 캄캄한 바다 깊숙이 가라앉는다.

꿈속에서 나는 김계선을 모시는 작은 악공이 된다. 뛰어난 실력으로 조선왕실의 아악부에서 주목을 받던 김계선의 가난한 말년을 지켜보는 것은 고통이었다. 그가 원했더라면 일제 강점기 대스타가 되어 온갖 부귀영화를 누렸을 것이다. 세속 사람들의 욕심 앞에서도 끝내 초연했던 김계선은 내게 닿지 못할 하늘의 별이었다. 그의 대금 소리 옆에서 바랄 것 없는 하루하루를 살았다. 한낱 대궐의 악공으로 무시당하며 살던 김계선이지만 그를 대하는 나의 가슴은 늘 경외감으로 두근두근했다.

하루는 친한 벗이 그의 불우를 걱정하자 그가 흔연스럽게 말했다.

'만인을 즐겁게 하는 악기는 속이 비어 있지 않은가!'

그의 말이 서럽고 아름다워 울었다. 꿈에서 깨고 보니 눈물이 볼 위로 흘러내리고 있었다.

'아름다운 소리를 내는 악기는 속이 비어 있는 법이다!'

대금 제자 체험에 참가했을 때 제자 명인이 했던 말이기도 했다. 두건을 쓴 명인은 칼날에 거칠어진 손으로 취구를 가리키며, 대금을 만들 때 가장 먼저 하는 일은 속을 비워내는 일임을 힘주어 설명했다. '내경(內徑)'이라 하여 '소리의 길'을 내는 것이라 했다. 그러니 대금 연주자 또한 세속적 욕망으로 가득 찬 내면을 비워내야만 아름다운 소리를 얻을 수 있다고 했다.

불현듯 중학교 때 사물놀이 동아리 활동을 함께했던 민수가 떠올랐다. 민수와 나는 짝쇠 놀음을 할 때마다 상쇠와 부쇠를 번갈아 할 만큼 죽이 잘 맞았다. 고등학교 지원을 앞두고 예술고와 인문고의 갈림길에 섰을 때, 나는 망설임 없이 예고를 선택했다. 하지만 집안 형편이 그리 넉넉하지 못했던 민수는 오래오래 고민했다. 아빠의 무리한 주식 투자로 급작스럽게 가세가 기울어버린 상황이었다.

민수는 자신에게 묻고 또 물었다. 자신이 진짜 음악을 하고 싶은 것인지, 음악 없이는 죽을 것 같은지, 하고 싶은 음악만을 고집하다가 무능한 가장이 되는 건 아닌지, 음악을 포기한다면 무엇을 할 수 있는지…… 울화로 가득한 민수의 얼굴은 금방이라도 터질 것 같았다.

"사람들은 참 이상해. 자기가 하고 싶은 일을 하는 게 행복이라고 말하면서도, 막상 하겠다면 뭐 먹고살려고 그러냐며 타박해. 잘먹고 잘사는데도 별로 행복해 보이지 않는 사람들이, 정작 자신들은 뭘 하고 싶은지도 모르는 사람들이 그저 공부에만 목숨 걸라고 해. 병신 같은 새끼들이!"

민수의 울음 섞인 목소리는 점점 높아졌다.

"집구석 한 방에 망하려거든 주식을 하고, 서서히 망하려거든 자식 예체능 시키라는 말! 누가 그랬어? 아, 씨발……! 우리 집에는 집안 망해먹을 놈들만 모였어."

마침내 민수는 눈물 글썽글썽한 눈으로 선언했다.

"인문고로 결정했어. 식구들 굶기는 무능한 가장은 우리

아빠 한 사람으로 충분해. 나 하나 병신 되지 뭐……. 어쩌겠
냐?"

숙연한 얼굴로 선언하는 민수의 쓸쓸한 표정이 가시처럼
가슴에 걸려 오래도록 남았다.

7
국악인생 13년

이번 주는 내내 바빴다. 학교를 방문하는 일본 예술인들을 위한 공연 때문이다. 국악과에서는 판소리와 대금 독주를 위해 성현과 내가 선발되었다. 사실 음악과와 무용과에서 아무리 멋진 공연을 준비한다 해도 별 게 아니다. 외국인들에게 보여 줄 첼로와 성악과 발레가 어찌 우리 국악을 당해낼 수 있을까. '가장 한국적인 것이야말로 가장 세계적인 것'임을 확신하는 나의 엔도르핀은 이럴 때 팍팍 치솟는다.

신나게 예술인 환영행사를 마친 뒤 '비단길' 봉사동아리에도 다시 나갔다. 나로 인해 중단되었던 요양원 위문활동을 재개하기로 했기 때문이다. 두어 달 만에 얼굴을 내미는 나를 동아리 회원들이 반갑게 맞아준다. 연습실 바닥에 앉아 장구

줄을 조여 매고 있던 인호 선배가 나를 보자 손을 내민다.

"어서 와라."

선배는 내 손을 힘껏 쥔 뒤 어깨를 툭 친다. 미안하고 불편했던 감정이 한순간에 녹아든다. 야무지게 매듭을 갈무리한 인호 선배가 장구를 가방에 집어넣고 몸을 일으킨다. 몇 달전 내가 들어갔던 장구 가방이다…….

"출발하자."

동아리 회원들은 북이나 장구, 꽹과리와 징을 비롯해 공연복이 든 가방을 교문 앞으로 나른다. 짐을 택시에 옮겨 싣느라 몇 번이나 동동거리는 모습을 보면서도 인호 선배는 내게 손도 못 대게 한다.

"넌 독주만 해. 부쇠는 대호에게 맡길 테니."

꽹과리나 북을 두드리다 보면 가슴팍에 올림이 가니 좋을 것 없다는 투다.

"괜찮아요."

나는 애써 흔연스러운 얼굴로 팔을 걷어붙였으나 이미 짐은 다 나가고 없다.

택시 트렁크에 모든 짐을 싣고도 자리가 부족해 우리는 각자의 가슴팍에 짐을 안은 채 출발한다. 바짝 붙어 앉아 서로의 몸에 밀착되고 보니 일체감이 느껴진다. 지금껏 맛보지 못한 기분 좋은 일체감이다.

타악을 전공하는 인호 선배는 짬짬이 판소리를 공부하기 때문에 사물과 판소리에 모두 능하다. 삼도사물놀이를 공연하게 될 우리들 중 장구는 선아가, 북은 대호가 맡았다. 나는 선배의 만류에도 불구하고 징을 잡는다. 상쇠인 인호 선배의 장단에 맞춰 부쇠 역을 겸하는 자리다. 우린 죽이 잘 맞는다. 중학교 때 민수와 함께했던 짝쇠 놀음과는 수준이 다르다.

사물놀이가 끝난 뒤 나는 인호 선배의 장단에 맞춰 대금 시나위 독주를 한다. 뒤이어 인호 선배가 선보이는 판소리와 민요는 들을수록 구성지고 헌걸차다. 소규모 봉사활동인지라 일인다역이 필수다. 익살맞고 능청스럽게 넘어가는 인호 선배의 〈흥보가〉가 좌중의 웃음을 아낌없이 불러낸다.

대호는 인호 선배의 꽹과리에 맞춰 소고춤을 선보인다. 어깨와 엉덩이, 사뿐사뿐 나긋나긋 내딛는 발끝이 보는 사람들의 표정을 조였다 풀어놓는다. 이어 소고춤의 백미인 자반뒤집기가 시작된다. 공중을 나는 듯이 몸통을 뒤집으면서도 단 한 번의 꼬임 없이 여섯 발 상모를 돌리는 대호에게 사람들은 와와와 소리를 내며 박수를 친다.

간호사나 병원 관계자를 빼고는 휠체어를 타고 참석한 노인들이 대부분이다. 병색이 완연했던 그들의 얼굴에 오랜만에 희색이 돈다.

다섯 살 무렵, 나는 문화센터에서 사물놀이를 배우던 엄마를 따라다니다 국악에 첫발을 들였다. 국악이라곤 문외한인 집안에서 '국악인생 13년'이라고 뻥을 치게 되는 근거다. 초등학교 때는 학예회 무대에도 섰다. 게다가 중학교는 사물놀이 육성 학교였다. 나는 그곳에서 물 만난 고기처럼 잘 놀았다.

　　그런 내게 사람들은 묻는다. 왜 사물이 아닌 대금을 전공하게 된 거냐고. 이유는 없다. 그저 대금 소리가 좋았으니까. 물론 계기가 없진 않았다.

　　초등학교 6학년, 가족여행 중 한옥민박에 든 적이 있었다. 꿰찬 고무신을 종종거리며 도끼로 장작을 패고, 아궁이에 불을 넣고, 부지깽이로 고구마를 뒤적이며 법석을 떨던 내가, 어디선가 들려오는 맑고 고운 선율에 그만 고요해져 버렸다. 뒤꼍 마루에 앉아 대금 연주를 하고 있던 말총머리 남자 때문이었다. 슬픈 듯, 청아한 듯 가슴을 후벼드는 남자의 연주에 단박에 빠져버린 나는 꿈인지 현실인지 경계를 잊었다.

　　나는 민박집을 떠나올 때까지 남자의 곁을 떠나지 못했다. 묻고 또 물었다. 악기의 이름은 무엇인지, 어떻게 소리를 내는지, 손가락은 어떻게 짚는지……. 나는 여행에서 돌아오자마자 놀이터의 대나무를 베어 대금을 만들었다. 송곳과 드릴을 이용해 취구와 청공과 지공을 뚫고 연신 삑삑거렸지만 신통치 않았다. 그 뒤 대나무 양쪽에 골이 팬 쌍골죽이라야 대금을 만들 수 있다는 걸 알게 된 나는 대나무 숲만 보이면 파고들어 쌍골죽을 찾아 헤맸다.

그러는 동안 사물놀이는 여럿이 어울리기에 좋고, 대금은 혼자 있기에 좋은 악기임을 알았다. 내가 망설임 없이 대금을 추켜든 이유는 말총머리 남자의 눈빛에 떠돌던 우수 때문인지도 모른다. 그러니 내가 대금을 선택한 데에는 논리도, 이유도 없다. 그저 운명이랄 수밖에.

그럼에도 나는 꽹과리와 장구 같은 사물놀이로 국악에 맛을 들인 터라 웬만한 전공자보다 더 능숙한 편이다. 판소리 북장단을 배워 전국고수대회에서 상을 받기도 했고, 가야금도 얼마간 레슨을 받아 익혔다. 그러는 동안 다른 전공자들의 눈치를 받지도 했지만 개의치 않았다. 인호 선배는 그런 내게 '잡놈'이라는 호칭을 얹어 주었다. 나를 '광대'로 인정한다는 뜻이었다. 선배는 내가 없으면 행사가 원활하지 않다는 것을 누구보다 잘 알았다. 하긴……. 내가 누군데!

봉사활동이 끝난 뒤 나는 악기실 문단속을 하고 돌아서는 인호 선배에게 물었다.

"연지 선배 소식 들은 거 없어요?"

인호 선배가 고개를 흔든다.

"둘이 사귄다면서요?"

인호 선배, 뜨악한 표정으로 쳐다본다. 나는 선배의 눈길을 외면한 채 혼자 중얼거린다. 아, 씨발! 왜 집은 나가 가지고…… . 그러자 선배가 묻는다.

"왜? 걱정되냐?"

"개뿔이나요!"

"하여간 이 새끼는…… ."

인호 선배, 한 수 접는 표정이다. 나는 억울하다는 듯 큰소리로 외친다.

"잘못되면 다들 저 때문이라고 할 거 아녜요!"

"넌 가만히 찌그러져 있어. 알아보고 있으니까."

5교시 수학 시간이다. 나는 이어폰을 끼고 '염불도드리'를 듣고 있다. 칠판을 배경으로 선 단발머리 수학선생님의 수업은 수족관의 붕어처럼 뻐끔대는 입모양으로만 보일 뿐, 내 머릿속은 온통 '염불도드리'에 가 있다. 난계대회 예선곡인데 처음 접해본 곡이라 연습은커녕 정간보 해독도 쉽지 않다. 나는 수학책 밑에 정간보를 숨겨놓고 '염불도드리'의 음률을 짚어나가느라 온 정신이 쏠려 있다.

그때 귓속이 뻥 뚫린다. 뭐야? 나는 잔뜩 구긴 얼굴로 고개를 든다. 그러자 상진이 잡아챈 이어폰을 책상 속으로 밀어넣으며 턱으로 교탁을 가리킨다. 단발머리가 두 눈을 치켜세운 채 나를 노려보고 있다. 머릿속이 하얘진다.

"일어서!"

졸고 있던 아이들이 놀란 얼굴을 쳐든다. 칠판에는 미적분 공식이 어지럽게 적혀 있다. 그렇잖아도 가느다란 단발머리의 눈이 나를 쏘아보느라 옆으로 죽 찢어진다. 나는 정간보를 수학책으로 슬그머니 덮으며 자리에서 일어난다.

"너 실기 좀 한다고 뭉개는 모양인데⋯⋯. 내신 관리하지 않고 대학갈 수 있을 것 같아?"

게슴츠레한 눈으로 주위를 둘러보던 아이들이 사태를 파악하고는 목을 움츠린다. 아이들은 단발머리의 눈꼬리가 자신을 향하지 않은 것에 안도한다. 하지만 연산능력도 느린 아이들에게 미적분과 방정식은 무리다.

올해 처음으로 예술고에 부임한 단발머리는 이 학교 선생 노릇 못해먹겠다는 푸념을 입에 달고 산다.

"니네들 때문에 미치겠다. 어떻게 고2나 된 애들이 이렇게 쉬운 문제도 이해를 못하냐? 인문계 가봐라. 바닥을 기는 아이들도 이 정도는 아니야. 나까지 싸구려가 되는 기분이라고!"

마흔이 넘은 노처녀 히스테리가 이 정도일 줄은 몰랐다. 학교에 부적응 학생이 있다면 부적응 교사도 있는 모양이다. 자존심에 금이 간 아이들이 얼굴을 구긴 채 인상을 쓴다.

'그러시겠죠. 인문계 고교에 갔더라면 주요과목 선생으로

온갖 잘난 척은 다하고 지냈을 텐데 왜 여기 와서 개고생인가요?'

단발머리가 한심하다는 듯 고개를 절래절래 흔들며 성토한다.

"예고도 나름이지. 똑같은 급식 먹으면서 어떻게 음악과나 미술과 애들하고도 그렇게 차이가 나냐?"

단발머리는 국악과가 정원도 채우지 못해 게나 고둥이나 다 받아놓으니 그러는 거 아니냐고 비아냥거렸다. 한층 독이 오른 아이들은 이빨을 뿌득뿌득 갈았다.

'똑같이 납부금 내는 우리도 제대로 된 교육 받아보고 싶다고요!'

아이들은 단발머리에 항변하듯 드러내놓고 책상 위에 엎드렸다. 단발머리는 아이들을 일으켜 세우지 못했다. 께우디 못해 책을 집어 던진 적도 한두 번이 아니었다. 그렇게 짜증나는 수업을 이어가느라 폭발할 지경이 된 지금, 누구든 걸리면 재수에 옴 붙은 날이 된다.

단발머리는 자신이 들고 있던 수학책을 탁 소리가 나게 교탁에 던지고 내게 다가온다.

"내가 제일 재수 없게 여기는 게 어떤 놈인 줄 알아?"

'흥, 알 게 뭐예요?'

"바로 내 과목 시간에 다른 거 하는…… 바로 너 같은 놈들이야!"

단발머리는 책상 위를 거칠게 뒤적이더니 기어이 수학책 아래에 숨겨놓았던 정간보를 찾아낸다.

"내 말이 틀렸니?"

눈꼬리를 꼿꼿하게 치켜든 단발머리는 손에 든 정간보를 눈앞에서 흔들어댄다. '염불도드리'라고 쓰인 제목이 보였다 안 보였다 한다. 본선곡인 〈관악영산회상〉과 함께 난계대회 지정곡이다. 나는 어떻게 하면 정악을 정확하게 잘 연주할 수 있을 것인가에만 정신이 쏠려 있기 때문에 단발머리의 수업 따위는 애초에 관심도 없다. 정악 실력이 부족하다고 무시하고, 그런 이유로 대회에 참가가 어렵지 않겠느냐고 떠들어대는 아이들의 코를 보란 듯이 납작하게 만들어 주고 싶다. 두어 달 앞으로 다가온 대회 생각만으로도 마음이 바쁜데.

나는 단발머리의 손에 든 정간보를 뺏으려 한다. 그러자 재빨리 손을 피한 단발머리가 정간보를 돌돌 말아 내 머리를 두들긴다.

"그러니까 내 수업에 충실하란 말이야!"

순간, 열이 확 솟구친다.

"때리지 마세요!"

흥분을 애써 가라앉히려 하지만 목소리가 떨려나온다.

"뭐? 너, 뭐라고 했어?"

"말로 하시라고요, 쓸데없는 과목 가르치느라 힘 빼지 말고요!"

그 말은 오히려 섶을 지고 불에 뛰어든 꼴이 된다. 흥분한 단발머리의 눈꼬리가 단숨에 꼿꼿해진다.

"오호, 그 잘난 예체능? 그래서 나를 무시하는 거니?"

기가 막혀. 수학을 공부하지 않겠다면 선생을 무시하는 건가? 유치찬란 빤스다. 나는 욕지기를 참지 못한 채 기어이 내뱉고 만다.

"그런 말씀은 수능에 미친 인문계 가서나 알아보세요. 나는 관심조차 없으니까!"

"뭐야? 이 새끼가! 어디서 건방을 떨어?"

얼굴이 벌겋게 달아오른 단발머리가 보란 듯이 내 앞에서 정간보를 좍좍 찢어버린다.

"이런 씨발……!"

열이 머리끝까지 솟구친 나는 책상을 박차고 교실을 나와 버린다. 등 뒤로 꽈다당 책상 넘어지는 소리가 요란하게 들려온다.

따가운 햇살이 사방을 칼끝처럼 겨누고 있다. 나는 씩씩거리며 교실을 나와 무작정 연습실로 간다. 아무렇게나 신발을 벗어던지고 텅 빈 합주실 마룻바닥에 대자로 누워 버린다. 얼기설기 전선으로 엮인 천장이 눈에 들어온다. 마음이 잔뜩 꼬인 전선만큼이나 답답하다.

　그러자 불현듯 한옥 마루에 누워 천정을 바라볼 때마다 마음이 편안해지곤 했던 어린 시절이 떠올랐다. 할머니 집을 오갈 때 자동차 유리창으로 들어오던 두엄 냄새를 '고향의 냄새'라고 불렀던 그때. 흰 고무신과 검정 고무신을 번갈아 가며 줄창나게 신고 다녔던 초등학교 때의 나를 생각했다. 참으로 똘기 충만하던 시절이었다.

　나는 벌떡 일어나 피아노 앞으로 간다. 뚜껑을 열고 미친 듯이 피아노 건반을 두드려대기 시작한다. 스트레스 푸는 방법에 피아노만한 것도 없다. 즐겨 치는 슈베르트 〈즉흥곡〉이다. 불같은 심정을 잠재우기엔 딱이다. 이 곡을 치고 있는 동안에는 아무런 잡념도 들지 않는다. 그저 선율을 따라 달리기만 하면 된다.

　나는 어렸을 때부터 음악을 좋아했다. 피아노를 치고 있으면 선율 안에 내가 온전히 들어앉아 있는 기분이 들어 좋았다. 내 몸이 음악 속으로 녹아들어 하나가 되는 것 같았다. 그렇게 시작한 피아노였기에 싫증내지 않고 오래 칠 수 있었다.

　리스트의 〈라 캄파넬라〉로 이어진다. 빠르게 건반을 짚어가는 열 손가락이 물결을 거슬러 오르는 물고기처럼 튀어오른다. 막바지에 이르러서 천천히 음을 고르다 보니 무질서하게 날뛰었던 감정들이 하나둘 제자리를 찾아가는 느낌이

든다.

그때다. 누군가의 손길이 어깨에 닿는다. 서늘하고 부드러운 손. 지유다. 지유가 나를 보고 씩 웃는다. 사범대학 음악교육과 지망생. 해금을 전공하는 지유는 입학 이후 한 번도 1등을 놓치지 않은 반장 아이다. 지유가 감탄하듯 중얼거린다.

"우와, 잘 친다!"

나는 겸연쩍은 표정으로 고개를 으쓱한다. 그러자 지유가 이마를 찌푸리며 말한다.

"너도 성질 좀 죽여라. 불과 불이 부딪치니 타오르지 않고 배겨?"

나 참, 뭐라는 거야? 나는 어처구니없다는 듯 검은 건반만을 찾아 띵, 띵, 누르며 건성으로 대답한다.

"앞으로 선생 되면 너니 그러지 마라."

"그러는 넌?"

나는 완강하게 고개를 흔들며 대답한다.

"난 절대 선생 따윈 안 될 거야. 개또라이들 똥을 어떻게 치우고 사냐?"

"너 같은 개또라이?"

뭐야? 나는 지유의 등짝을 때리는 대신 두 손을 높이 쳐들어 한꺼번에 건반을 눌러댄다. 선율이 폭풍처럼 연습실을 휘몰아친다. 지유가 귀를 막으며 소리친다. 알았어, 알았어!

나는 생각났다는 듯 지유에게 묻는다.

"웬일이야?"

"너 찾으러 왔지. 이왕 나왔으니 놀다 가야지."

지유는 킥킥거리며 연습실 벽에 기대앉는다.

"나도 하고 싶어서 공부하는 거 아니야. 해야 되니까 하는 거지. 하지만 너를 보면 고역스럽게 뭘 한다는 느낌이 없어. 그저 노는 것 같은데 잘하는 걸 보면 경이롭단 말이야."

지유는 누군가의 마음을 얻는 일 따위는 관심조차 없는 나를 이해해 주는 몇 안 되는 친구다. 지유의 말에 의하면 갈등은 길이 다른 사람에게 자신의 생각을 강요할 때 생긴다는 거다. 다른 길을 인정하면 싸울 일이 없는데, 굳이 가지도 못할 길의 우위를 따지고 가로막는 심보를 모르겠다는 것이다. 지유는 나와 자신의 길이 다르다는 것을 알고 있다.

지유는 연습실 벽에 세워져 있는 가야금을 내 무릎 위에 올려주며 말한다.

"연주해 줘. 전공자의 강박이 아닌, 놀면서 즐기는 너만의 솜씨로 오직 한 사람, 나 강지유를 위한 연주가 될 테니 말이야."

나는 둥기, 덩기, 줄을 퉁기며 안족을 조절하다가 본격적으로 허리를 곧추세운다. 〈가야금산조〉는 아주 재미있다. 특히 휘몰이 부분이 다이내믹한 내 성향과 가장 잘 맞는다. 가야금뿐만이 아니다. 내게는 모든 악기를 연주해 보고 싶은 소망이 있다. 전공생이 아니기에 부담 없이 즐기는 거다. 그런 음악도 경쟁하고 비교하며 순위를 매기는 순간, 행복은 멀리 달아나고 말겠지.

연주를 끝내자 지유가 화들짝 놀란 얼굴로 몸을 일으킨다.

"시간이 벌써 이렇게 흘렀네. 너 여기 계속 있을래?"

마음이 한결 가라앉은 나는 지유를 따라 일어선다.

"같이 가. 사과가 뭐 대단한 거라고. 배도 아니고 귤도 아닌 걸."

헐~ 지유가 눈을 크게 뜨며 내 등짝을 때린다.

8
나는 웃기는 짬뽕

버스는 햇볕이 따갑게 내리쬐고 있는 넓은 들판을 가르며 달린다. 봇짐을 든 두 명의 노파가 내리고 나자, 버스에는 인호 선배와 나만 남는다. 시외버스를 타고 와 군내버스로 갈아 탄 지 20여 분만이다. 모내기를 준비하느라 물을 대놓은 논들이 파란하늘을 안은 채 찰방거리고 있다.

"연지는 어렸을 때 알았어. 내가 살던 시골에 연지 외할머니가 살았거든. 방학 때마다 다니러 왔으니까. 귀엽고 예쁜 도시아이였어. 난 숨어서 엿보던 촌뜨기였고. 학교에서 다시 만나게 될 줄은 몰랐지만."

발갛게 달아오른 얼굴로 인호 선배가 웃는다. 이럴 때는 여지없이 순박한 촌뜨기 얼굴이 된다.

"사실은 연지가 어렸을 때 엄마가 교통사고로 죽었어. 연지 아빠의 음주운전 때문이었지. 연지 아빠는 소심할 만큼 착한 사람이었어. 얼굴에 '나, 착한 사람'이라고 쓰여 있었지. 재혼도 마다하고 연지를 혼자 키우며 살았는데……. 문제는 술만 마셨다 하면 연지를 때렸던가 봐. 알코올중독자였던 거지."

버스가 커브를 돌았는지 몸이 쿨렁 기울어진다. 나는 힘껏 손잡이를 쥐고 버텨낸다.

"하긴 안 그렇겠어? 제 손에 아내가 죽은 거니까. 대신 연지는 외할머니를 자주 찾아왔어. 커서는 내가 이사해 버리는 바람에 소식을 몰랐는데, 학교 와서 보니 연지가 많이 변해 있더라."

나는 손톱 가장자리에 돋은 거스러미를 노려보고 있다가 신경질적으로 잡아챈다. 피가 배어난다. 나는 손등으로 망울진 피를 쓱 문질러 버린다.

"물론 친구들은 몰라. 나는 연지가 제멋대로 굴 때마다 아프다고 소리 지르는 것처럼 느껴져. 그러니 나도 모르게 감싸게 되고. 연지는 자신의 이야기를 너무 많이 알고 있는 내가 싫은 거지."

인호 선배가 사람 좋은 얼굴로 웃는다. 나는 인호 선배를 보며 한심하다는 듯 혀를 찬다.

"형도 참……. 병이네요."

"병은 무슨. 불쌍하잖아. 그런데 너까지 함부로 하면 되겠니?"

"웃기잖아요. 개뿔도 없으면서 있는 척."

"그럼 어떡하니? 그게 걔를 버티게 하는 힘인데."

홍, 사랑에 눈이 멀면 모든 게 이런 식이다. 그러니 우리의 대화는 더 이상 이어지지 않는다.

이윽고 버스는 우리를 낯선 마을 앞에 내려놓고 사라진다. 강줄기가 부드럽게 감싸 안고 흐르는 마을 안쪽에 몇 채의 집이 포근하게 안겨 있다. 마을 입구에 선 당산나무가 한낮의 햇살 속에서 넓은 그늘을 드리우고 있다.

나는 인호 선배와 함께 고샅길을 걸어 마을 안쪽에 위치한 낡은 대문 앞에 이른다. 시멘트로 덮인 마당엔 한여름 열기가 남아 있을 뿐, 집은 텅 비어 있다.

"계세요? 할머니!"

인호 선배가 소리쳐 보지만 아무런 대답이 없다. 여기저기를 기웃거리던 선배가 문득 댓돌에 놓인 슬리퍼를 가리킨다. 슬리퍼에 물이 고여 있다. 어디 놀러 가셨나? 엉거주춤 서성이다 대문 밖으로 고개를 내민다. 그때 허리가 구부정한 할머니가 대문 앞을 얼쩡거리다가 묻는다.

"누구시여?"

"아, 할머니! 저예요. 저 모르시겠어요? 용매댁 손자예요."

"누구시라고?"

"인호라고요!"

할머니는 연신 고개를 흔든다. 인호 선배는 포기한 듯 마루를 가리키며 묻는다.

"여기 할머니 어디 계세요?"

"그 할마시? 요양원 갔제. 오래됐어."

인호 선배가 난감해진 얼굴로 나를 돌아본다.

"그럼 아무도 없어요?"

"으떤 여자가 하나 있제……."

"누구요? 연지요?"

"몰러."

할머니가 고개를 젓는다. 선배의 눈이 빛을 낸다.

"어디 갔나요?"

할머니는 멀뚱한 표정으로 다시 고개를 젓는다.

우리는 난감한 얼굴로 돌아선다. 그러자 할머니가 혼잣말로 중얼거리며 어딘가를 가리킨다. 다리가 있는 강변 쪽이다. 선배가 내 팔을 거칠게 낚아챈다.

"가 보자!"

강물이 굽이굽이 흘러가는 다리 위로 토사를 실은 트럭이 연이어 지나쳐 간다. 그러는 사이 무슨 소리인가 바람결에 섞여 들려온다. 목을 쥐어짜는 듯 고통스럽게 내지르는 소리다. 악악대는 소리. 점점 크게 들려온다. 누군가 소리를 하고 있다! 인호 선배의 눈이 확신으로 빛난다.

"넌 여기 있어."

인호 선배는 강둑을 타고 비탈길을 내려간다. 나는 뜨거운 햇볕을 정수리에 받고 서서 멀어지는 인호 선배의 뒷모습을 바라본다. '어허, 이게 웬 말이오! 어허, 이게 웬 말······.' 소리가 뚝 잘린다. 나는 인호 선배가 사라진 쪽을 향해 걸음을 옮긴다.

인호 선배와 마주선 사람은 분명히 연지 선배다! 가슴이 무섭게 뛰기 시작한다. 그들의 말소리는 들리지 않는다. 연지 선배가 힐끗 이쪽을 쳐다본다. 나는 무심코 뒷걸음질을 친다.

이윽고 두 사람이 언덕배기를 올라온다. 나는 반가움에 서둘러 다가가지만, 연지 선배는 나를 돌아보지도 않고 걸음을 재촉하며 가 버린다. 찬바람이 인다. 멀어지는 연지 선배를 멍하니 보고 있던 나를 인호 선배가 잡아끈다.

"이만 가자!"

나는 선배의 손을 거칠게 뿌리친다.

"뭐래요?"

"뭐라긴······."

"뭐라고 했냐고요!"

나도 모르게 소리가 높아진다. 그러자 인호 선배의 얼굴이 딱딱하게 굳는다.

"만나고 싶지 않대. 됐냐?"

"되긴 뭐가 돼요? 그래, 혼자 만나니 좋던가요?"

"이 새끼가! 보자보자 하니까…… 정말!"

주먹이 눈앞으로 쑥 파고든다. 순식간이다. 알 수 없는 울화에 치받쳐 있던 나도 지지 않겠다는 듯 주먹을 내뻗는다. 우리는 햇볕이 작열하는 강변에서 흙투성이가 되어 나뒹군다. 그러나 역부족이다. 나는 일방적으로 흠씬 두들겨 맞고 대자로 뻗어버린다. 인호 선배가 씩씩거리며 말한다.

"너, 여기서 연지 봤단 소릴 하기만 해봐. 죽여 버릴 테니!"

나는 맨땅에 드러누운 채 쨍쨍한 하늘을 올려다보고 있다. 강변에 선 미루나무 이파리가 바람이 불 때마다 쏴아 소리를 내며 뒤채고 있다.

"네 눈으로 살아 있는 거 확인했지? 됐냐? 넌 여기까지야. 그러니 더 이상 찾지 마!"

불현듯 눈시울이 뜨거워진다. 정체를 알 수 없는 슬픔이 전신을 점령해 버린 탓이다. 이게 뭔 꼴인가 싶다. 내가 왜 여기서 이러고 있는지……. 당황한 나는 벌떡 몸을 일으킨다.

우리는 강변을 빠져나와 버스에 올라탄다. 나는 흔들리는 의자 등판에 몸을 기댄 채 눈을 감아버린다. 눈 속으로 하얀

이를 드러내며 웃는 연지 선배의 얼굴이 떠오른다. '이 시키! 넌 못하는 게 뭐냐? 대금만 잘 부는 줄 알았더니.' 머리카락을 마구 흐트러뜨리던 선배의 손길이 그립다. 나는 다시 고개를 흔들어 선배의 환영을 떨쳐낸다.

참, 웃기는 짬뽕이다. '나'라는 인간!

가벼워야 떠오르지

때 이르게 시작된 더위가 점점 비등점을 향해 치솟는다. 체육시간을 끝낸 아이들은 수돗가로 몰려가 수도꼭지에 머리통을 밀어 넣는다. 남자애들은 여자애들에게 다가가 물기가 뚝뚝 떨어지는 머리를 흔들어 질겁하게 만든다.

오후에는 합주실에서 마스터클래스의 연주와 강연이 이어진다. 국립국악원 단원들로 이루어진 게스트 세 명의 연주를 듣는다. 기법과 감성과 깊이 등에서 따라갈 수 없는 능란함이 느껴진다. 꿈결 같은 시간이 금방 흘러간다.

이윽고 파트별로 헤쳐 모인다. 우리는 대금주자를 중심으로 둥글게 모여 앉는다. 전문가에게 직접 듣는 원 포인트 레슨인 셈이다. 그는 우리에게 산조 한 소절씩을 불어 보게 한 뒤 일일이 교정해 준다. 대금주자의 꼼꼼한 설명에 주어진 한 시간이 짧기만 하다.

마스터클래스를 마감한 뒤 일찌감치 종례를 마친 아이들은 개인 레슨을 받기 위해 학교를 빠져나간다. 나는 학교 연습실에 남는다. 대회까지는 남은 시간이 빠듯하다.

나는 휴대폰에 저장해 두었던 명인의 연주곡을 영상으로 감상한다. 그런 다음 휴대폰을 벽에 세우고 나의 연습 장면을 촬영한다. 항목에 따라 체크리스트를 만들어 두 개의 영상을 비교, 검토한다. 나는 영상 감상과 연습 횟수를 수첩에 빼곡하게 기록한다. 그러자 가슴 속으로부터 무엇인가를 해낼 수 있으리라는 확신이 뜨겁게 솟아오른다. 그래, 내 열정을 믿자. 나는 뜨거운 불이니까.

어느덧 10시가 넘었다. 연습실 문을 잠그고 돌아서는데 아빠에게 전화가 온다.

"어디냐? 데리러 갈까?"

아빠의 목소리가 피곤으로 갈라져 있다. 초저녁에 잠들었다가 놀라 전화하신 거겠지.

"아뇨, 쉬고 계세요. 오늘은 버스 타고 갈게요."

"피곤할 텐데?"

"괜찮아요."

교문을 나선다. 거리는 끓어오르던 한낮의 열기가 수굿이

가라앉아 있다. 바람이 부드럽게 살갗을 스쳐간다.

지금 이 시간, 연지 선배는 뭘 하고 있을까? 캄캄한 어둠으로 뒤덮인 시골에서 여자 혼자 지낸다니……. 무섭지 않을까. 이런 씨발, 별 지랄 같은 걱정을 다 해주고 자빠졌네. 나는 발부리에 걸린 돌멩이를 멀리 차 버린다.

버스 승강장으로 걸어가던 중 골목에서 나오는 서연과 마주친다. 여자애들 몇과 헤어지고 돌아서는 중이다. 서연은 대금 가방을 어깨에 둘러메고 있다. 학교 홍보모델 컷을 찍은 적이 있는 서연의 포즈가 제법 멋지다. 하지만 예쁜 얼굴의 서연은 딱 거기까지다. 실제 연주를 들으면 다들 뒤로 넘어간다. 연습은커녕 놀기만 좋아하니 여태 그 모양이지. 벌겋게 달아오른 얼굴을 보니 술 한잔 제대로 들이켠 모양이다.

"지금까지 학교에…… 있었어?"

혀가 꼬부라지는지 서연의 발음이 허물어져 있다.

"넌? 레슨 안 갔어?"

"응. 오늘 아름이 생일빵 했거든."

서연은 킥킥 웃으며 이마를 가린 머리카락을 자꾸 쓸어 올린다. 나는 술주정 같은 말을 더 듣고 있기가 싫어 돌아선다. 아, 취하네. 서연은 흐트러진 걸음으로 뒤따라오며 술기운을 토해낸다.

"어땠어? 오늘 마스터클래스?"

내 옆까지 바짝 따라붙은 서연이 내게 묻는다. 나도 묻고 싶다. 넌 어땠니?

"레슨을 서울로 옮겨야겠어. 너도 서울 간 뒤로 실력이 팍팍 늘고 있잖아?"

서연은 딸꾹질이 나오려는지 끅끅, 소리를 내며 헛기침을 한다. 진지해지는 자신이 어색해 상황을 모면해 보려는 몸짓 같다. 나는 걸음을 멈춰선 채 서연의 얼굴을 뚫어져라 쳐다본다. 얘는 지금 술김에 제정신이 아닌 걸까. 아니면 서울 어딘가에 노다지가 감춰져 있다고 생각하거나. 이럴 땐 아인슈타인 할아버지의 말이 딱이다. 어제와 똑같이 살면서 나은 미래를 기대하는 것은 정신병 초기 증세라고.

"어디 좋은 데 있음 소개해 줄래?"

노다지가 묻힌 곳을 가르쳐 달라는 것이다. 나는 못들은 척 돌아서 걷는다. 그러자 서연이 씩씩거리는 소리로 씨발, 씨발, 하면서 계속 따라온다. 저렇게 예쁜 얼굴에서 욕이 나오다니, 참 안 어울린다. 서연이 내 옷깃을 확 잡아채며 소리 친다.

"왜 내 말 씹어? 말 같지 않냐?"

나는 어처구니없다는 얼굴로 서연을 바라본다.

"기본이나 익히셔. 레슨은 그 다음에 옮겨도 늦지 않을 테니."

서연의 얼굴이 딱딱하게 굳는다. 나는 내친김에 하고 싶은 말을 줄줄이 쏟아낸다.

"서울 레슨이 그렇게 간단한 줄 아니? 돈도 돈이지만 실력으로 버텨낼 투지가 필요하다고. 기본 없이 갔다가 좌절해 버리면 죽도 밥도 안 된다는 거 몰라?"

서연의 눈빛이 점점 표독스럽게 달아오른다. 눈 한번 깜빡이지 않은 채 나를 노려보던 눈동자에 눈물이 그렁그렁 맺히기 시작하더니 순식간에 주르르 흘러내린다.

"미친 새끼……. 두고 봐!"

서연이 울음을 참느라 입을 삐쭉이더니 등을 돌린 채 뛰어가 버린다. 나는 더운 콧김을 훅훅 불어 내며 짓씹듯 내뱉는다.

'너 좋으라고 하는 말이다! 왜? 그렇게 고까우면 처음부터 나한테 물어보지를 말던지!'

이른 아침부터 땀 냄새 팍팍 풍기며 더워진다. 날씨 때문인지 좀처럼 연습에 몰두할 수가 없다. 교실에 들어서니 여자애들이 떼를 지어 몰려온다.

"건방진 새끼!"

"부모 백 믿고 날뛰지 말라고!"

"잘난 부모가 그렇게 밀어주는데 그 정도도 못하면 병신이지!"

"개웃겨 정말! 넌 서울로 레슨 옮길 때 여기서는 더 배울 게 없어서라고 했다며?"

이렇게 되면 없는 말도 만들어진다. 나는 발끈해 소리친다.

"내가 언제?"

그러자 아이들이 약속이나 한 듯 한꺼번에 쏟아내기 시작한다.

"장구고, 꽹과리고, 북이고……. 그래 뭐든 너 혼자 다 해 처먹어라."

"네가 잘하면 얼마나 잘한다고 그렇게 안하무인이야?"

"꼴값 떨지 말라고!"

교실을 나와 버린다. 내겐 한꺼번에 달려드는 여자애들을 감당해 낼 재간이 없다. 벌겋게 달아오른 얼굴이 땀으로 흥건하다. 수도꼭지에 머리를 들이민다. 눈을 감은 채 폭포수처럼 쏟아지는 물을 받으며 중얼거린다.

'얘들아, 정작 꼴값은 너희들이 떨고 있는 거야. 자존심은 자기가 높이는 게 아냐. 범접할 수 없는 내 아우라를 상대가 인정할 때 만들어지는 거라고. 우리에게 아우라는 실력뿐이고!'

나는 미친 듯 고개를 흔들어 머리의 물기를 털어낸다. 그 바람에 안경이 멀찌감치 화단의 잔디밭 위로 튕겨 날아간다.

교실 안으로 들어서자 삼삼오오 모여 있던 여자애들이 샐

쭉한 표정으로 고개를 돌린다. 그러자 성현이 내 몸을 잡아끌며 대수롭지 않게 말한다.

"신경 쓰지 마. 몰려다니며 깍깍대는 까마귀들한테."

까마귀? 나는 킥, 소리를 내며 웃는다.

"근데 왜 나는 자꾸 이런 일에 연루되는 거지?"

"네가 입바른 소리를 참지 못하니까 그렇지."

그때 성현이 생각났다는 듯 귀를 죽 잡아당기며 낮게 속삭인다.

"연지 선배 학교 나왔대."

나는 깜짝 놀라 성현을 쳐다본다. 가슴에 무겁게 얹혀 있던 돌덩이가 쿵, 소리를 내며 떨어진다.

5교시. 우리는 합주실로 모인다. 3학년 향상음악발표회를 보기 위해서다. 학년별 발표로 이루어지는 향음 수업은 국악과 전학년을 대상으로 한 공개발표이자 실기평가를 겸하는 시간이다. 입구에 발표 순서를 인쇄한 안내문이 놓여 있다. 성현과 나는 합주실 마룻바닥에 자리를 잡고 앉는다.

안내문을 들여다본다. 마지막 순서에 연지 선배의 이름이 적혀 있다. 〈심청가〉 중 '인당수 팔려가는 장면'을 발표한다고 쓰여 있다. 왜 하필 심청가? 아빠와 사이가 안 좋다더니……. 인당수로 엄마라도 만나러 가겠다는 건가?

대금과 거문고, 아쟁, 설장구 발표가 차례로 이어지지만 귀에 들어오지 않는다. 발표가 끝나면 연지 선배를 어떻게 마주칠 것인가에만 신경이 곤두서 있을 뿐이다. 실력이야 뻔한 노릇이니 들을 필요는 없겠지. 차라리 밖에서 기다리고 있다가 맞닥뜨릴까. 만나면 무슨 이야기를 해야 할까.

이런저런 생각이 두서없이 엉키는 동안 마지막 순서가 된다. 흰 무명한복으로 갈아입은 연지 선배가 무대로 걸어 나온다. 살이 빠졌는지 볼이 홀쭉하게 그늘져 보인다. 아버지를 혼자 두고 죽으러 가는 심청의 고뇌를 드러내기엔 딱이다. 하지만 선배의 눈빛만은 허공을 뚫을 듯 날카롭다. 북장단은 인호 선배가 맡았다.

딱, 북통을 울리는 소리와 함께 시작된다. 자진모리장단에 맞춰 계면조로 내가는 소리의 길.

심청이 거동 보아라. 부친 앞으로 우르르르르르. 부친의 목을 안고 아이고 아버지! 한번 부르더니 말 못하고 기절한다. 심봉사 깜짝 놀라 아이고 이게 웬일이냐. 허허 이게 웬일이어. 어이 말하여라. 답답하다. 어서 말하여라……

아니, 어찌된 일인가……. 귀에 쏙 파고드는 저 시김새라니! 컬컬하고 탁한 목소리가 밀어내는, 가슴에 포를 뜨듯 잘

게 저며 내며 슬픔을 몰아오고 있다. 가락이 제대로 삭고 익어서 풍부해진 목이 마침내 수리성으로 영글었구나! 나도 모르게 눈자위가 뜨거워진다.

아이고 아버지! 불효 여식은 아버지를 속이었소. 공양미 삼백 석을 뉘가 저를 주오리까. 남경장사 선인들께 삼백 석에 몸이 팔려 오늘이 행선(行船)날이오니 저를 망종(亡終) 보옵소서…….

고통 없이는 만들어 낼 수 없는 소리! 슬픔과 한 몸이 된 저 소리가 마침내 듣는 사람의 자기설움까지 풀어내게 하는구나. 눈물이 흘러 강을 이루어 가는 이 느낌이라니……!
"씨~~구!"
아이들은 무릎을 쳐가며 연신 추임새를 토해 낸다. 선망과 좌절에서 오는 깊은 한숨 소리를 나도 모르게 따라가고 있다.
"조오~~타!"
"아암~~만!"
"그라제~~!"
연이어 터지는 추임새 속에서 아이들은 모두 하나가 된다. 눈앞의 광경이 저편의 세계인양 멀게 느껴진다.
마침내 연지 선배의 소리가 끝난다. 아이들은 꿈에서 깨어난 듯 일제히 박수를 치기 시작한다. 나는 멍하니 연지 선배를 쳐다보고만 있다. 땀으로 범벅이 된 연지 선배는 회심에 찬 얼굴로 씩 웃더니 천천히 무대를 내려간다.

"잘한다!"

"최오예요, 최오!"

연지 선배는 합주실 입구에 서서 아이들이 토해내는 칭찬을 표정 없이 받아넘기고 있다.

"진짜 멋졌어요!"

성현이 다가가 엄지손가락을 추켜들자 그제야 연지 선배가 씩 웃는다. 그러자 입꼬리가 살짝 올라가며 가지런한 이가 하얗게 드러난다.

"고마워."

문득 연지 선배와 내 눈이 마주친다. 그러자 연지 선배는 홱, 소리가 나게 몸을 돌려 탈의실을 향해 걸어간다. 나는 무참해진 얼굴로 선배의 나풀거리는 치맛자락만 쳐다보고 있을 뿐이다. 성현이 나와 연지 선배를 번갈아 보더니 낮게 속삭인다.

"그래도 너 나올 때까지 기다리고 있던 눈치던데?"

나는 앞장서서 합주실을 빠져나온다. 발이 휘청인다. 연지 선배가 거침없이 내질렀던 〈심청가〉에서 헤어 나오지 못하고 있음이 분명하다.

"진짜 소름이 끼치더라. 어떻게 저렇게 달라질 수 있지?"

성현도 충격을 받은 얼굴이다. 같은 전공자라 더 실감나는 모양이다.

연습실로 돌아왔지만 나는 연습에 집중하지 못한다. 난계 대회를 생각하니 머릿속이 더 복잡해진다. 연지 선배의 달라진 모습을 믿을 수가 없다. 어떻게 저럴 수가 있지? 석 달 만에!

대금 가방을 열어 깊숙한 곳에 감춰 두었던 담배를 끄집어낸다. 고등학교 입학 초기에 피우다 접은 담배다. 아이들과 섞여들기 위해 피우기 시작했지만, 굳이 그들에게 맞춰 가며 살지는 않겠다는 확신이 들면서 내던진 담배. 찌그러지고 끊어져 실신 직전의 담배 하나가 손끝에 딸려 나온다.

창고 뒤편으로 가서 담배를 피워 문다. 미루나무 이파리가 푸른 하늘 아래서 쏴쏴, 소리를 내며 흔들린다. 나는 깊이 빨아들였던 연기를 천천히 뱉어낸다. 마음이 좀처럼 가라앉지 않는다. 이러다 내 안의 불씨조차 꺼져 버리는 것은 아닐까.

"어떤 놈이냐!"

깜짝 놀라 고개를 돌려 보니 미술과 김샘이 서 있다. 이젤을 가지러 창고에 왔다가 기척을 느낀 모양이다. 나는 황급히 손에 든 담배를 실내화로 밟아 끄지만 이미 때는 늦었다. 나는 김샘에게 붙들려 교무실까지 온다.

"이 녀석이 창고 뒤에서 담배를 피우고 있지 뭐예요?"

김샘은 학생부장에게 나를 인계하고는 득의양양한 얼굴로 말한다.

"또 너냐? 창고에 불이라도 났으면 어쩔 뻔 했냐?"

학생부장이 심란한 얼굴로 내지른다. 그러자 맞은편에 앉아 있던 단발머리가 나를 쏘아보다가 툭 내던진다.

"넌 하고 싶은 게 선생 염장 지르고, 숨어서 담배 피우는 일이냐? 꼴좋구나!"

아, 씨발. 오늘 일진은 일찌감치 물 건너간 모양이다. 나는 잔뜩 인상을 구긴 채 교무실 한가운데 서 있다. 힐끗거리며 한 마디씩 던지는 선생님들의 화살을 맞고 서 있으려니 동물원의 원숭이가 된 기분이다. 그때 금샘이 교무실에 들어서다가 깜짝 놀란 얼굴로 묻는다.

"여긴 웬일이니?"

"창고 뒤에서 담배를 피우고 있던데요?"

김샘이 비아냥거리는 목소리로 말한다. 금샘이 낮게 한숨을 내쉰다.

"죄송합니다……."

"담임이 아이들 하나 제대로 장악을 못하니 국악과가 이 모양 아닙니까!"

학생부장이 짜증난 목소리로 소리친다.

"도대체 국악과 애들 때문에 해볼 도리가 없다니깐!"

금샘은 연거푸 고개를 숙인다.

"데려가서 반성문 받으세요."

금샘이 나를 데리고 교무실을 나온다. 강사 대기실에 나를 앉혀 놓고 물끄러미 쳐다본다. 근심스러운 얼굴이다.

"힘드니?"

뜬금없는 금샘의 말에 갑자기 울컥한다.

"그렇잖아도 아침에 서연이랑 네 얘기했어."

나는 눈물 어린 눈으로 금샘을 쳐다본다.

"물론 네가 틀렸다고 생각하진 않아. 노력하는 거야 당연한 거고. 하지만 형편상 몰두할 수 없는 아이들도 있고, 노력해도 안 되는 아이들도 있어. 그들의 마음도 헤아려 줬어야지."

나는 대답하지 않는다.

"너 배드민턴 쳐봤지? 바람을 등지고 칠 때와 바람을 맞서고 칠 때 공이 뻗어 나가는 힘이 다르지 않던? 같은 노력을 기울여도 주어진 상황이 다르면 결과는 다르게 나타나거든. 사람들이 흔히 저지르는 잘못은, 자신의 성공이 온전히 자신이 노력한 결과라고 착각하는 거야. 높게 튀어 오른 공이 저 혼자 날아간다고 생각하는 것과 같은 이치지."

나는 답답한 마음에 이마를 찌푸린다. 샘, 그게 아니라니까요…….

금샘이 어깨를 툭 치며 일어선다.

"어깨에 힘 좀 빼라. 가벼워야 떠오르지."

다음 날 점심시간. 화장실에 다녀오는 나를 성현이 낚아
채다시피 데려간 곳은 합주실이다. 빠끔히 열린 문틈에 얼굴
을 대자 벌을 받고 있는 네 명의 여자애들이 시야에 잡힌다.
서연과 미주, 아름과 혜미다. 바닥에 무릎을 꿇고 앉아 두 손
을 뒤통수에 대고 가슴을 무릎에 대고 접었다 폈다 하는 일명
'폴더폰' 체벌이다. 달아오를 대로 달아오른 아이들의 얼굴이
잔뜩 찌푸려져 있다. 맞은편에는 연지 선배가 다리를 꼬고 앉
아 날카로운 목소리로 숫자를 세고 있다. 숫자는 쉰을 넘어서
고 있다.

"똑바로 못해? 처음부터 다시 센다?"

아이들은 금방이라도 터질 듯한 얼굴로 안간힘을 쓴다.

"니들이 뭘 잘못을 했는지 알고는 있냐?"

혜미가 재빨리 한 손을 풀어 옆구리가 드러난 교복 상의를
끄집어 내렸을 뿐 아무도 대답하지 않는다.

"말 못해? 그럼 서연이! 네가 말해 봐."

서연은 이마를 잔뜩 찌푸린 채 터질 듯한 얼굴을 하고 있다.

"얼마나 변변찮았으면……. 내 말이 틀렸니?"

연지 선배의 눈빛이 날카롭게 빛난다. 한 마디 한 마디가 잘 벼린 칼이다.

"화가 나면 이를 악물고 실력을 길러야지, 그러지도 못하면서 뭘 잘했다고 따지냐 따지긴! 후배들 보기에 창피하지도 않니?"

연지 선배는 서연을 한심하다는 듯 한참 동안 노려보다가 입을 연다.

"후배들 중에 너보다 잘하는 애 있어? 없어?"

서연은 금방이라도 터질 것 같은 울음을 참느라 미간을 찡그릴 뿐 대답하지 못한다.

"인정하고 싶지 않겠지."

서연의 얼굴은 점점 일그러진다.

"앞으로 또다시 이 일로 쩰고 까불면 가만두지 않을 거야. 알았어?"

"네!"

아이들은 입을 모아 복창을 한다. 아이들은 잘 알고 있다. 연지 선배가 어떤 이유로 학교폭력에 연루가 되었는지를. 그리고 그 다음의 변신을. 누구보다도 실제를 증명하는 저 말들을.

아이들이 몸을 일으키자 우리는 도망치듯 자리를 빠져나온다. 성현이 헐떡거리며 입을 연다.

"야, 올해 네 운세에 귀인이 나타난다고 하지 않던?"

뭐래는 거야? 내가 짜증스러운 얼굴로 돌아보자 성현이 키득거리면서 말을 잇는다.

"연지 선배가 네 일을 해결해 주고 있잖아. 왜 그러지?"

이 새끼, 스테이플러만 있다면 당장이라도 입을 박아 버리고 싶다. 나는 퉁명스럽게 내뱉는다.

"자기도 똑같은 경우를 당했으니 그러겠지."

"진짜? 에이, 아닌 것 같은데…….'

성현은 나를 쳐다보며 계속 킬킬거린다. 나는 도망가는 성현을 쫓아가 기어이 등짝을 한 대 때려 준다.

성현의 말대로 서연과의 불화는 연지 선배의 개입으로 간단하게 제압된다. 그러나 연지 선배는 여전히 나를 투명인간으로 대하고 있다. 선배를 변화시킨 그것이 무엇인지 알고 싶다. 자꾸 서성이게 되는 마음. 이상한 갈망이다.

야! 김준우, 정신 차려! 너답지 않게시리.

예인이냐, 광대냐

캄캄한 새벽. 택시를 타기 위해 아파트 경비실을 지나 큰
길로 걸어 나온다. 목덜미에 스치는 바람이 제법 서늘하다.
어디선가 가을이 빠르게 달려오고 있는 모양이다. 거리는 간
간이 빈 택시만 쏜살같이 지나쳐갈 뿐 텅 비어 있다.

"잘 갔다 와."

가로등 불빛 아래 선 엄마의 얼굴이 초췌하다. 한숨도 못
잔 듯 부숭부숭한 눈자위 아래로 눈주름이 무겁게 처져 있다.

"상 못 받으면 집에 안 들어올 거야."

엄마의 잠을 반쪽 냈다는 생각에 살짝 미안해진 나는 뾰로
통한 얼굴로 어리광을 부린다.

"그러면 못써."

엄마가 흘겨보며 내 이마에 닿은 머리를 쓸어 올린다.

"아빠가 계셨으면 너를 태워다 줬을 텐데……."

아빠는 며칠째 집에 들어오지 않았다. 회사에 일이 많아서라고 했다. 어렸을 때 문화유산 자전거답사 캠프에 참여한 나를 위해 왕복 천 리를 마다하지 않고 경주까지 운전한 아빠였다. 어디를 가든 운전기사 역할을 당연하게 수행해 줬는데 바빠도 보통 바쁜 게 아닌 모양이다. 대회 끝나면 맛있는 거 사 달래야지. 레슨 때문에 여행 한 번 못 갔는데.

"휴게소에 도착하면 먹어."

엄마가 김밥과 과일이 든 봉투를 내민다. 갓 지은 밥으로 싼 김밥이 따뜻하다. 손바닥에 와 닿는 훈기가 전신에 기분 좋게 퍼진다.

간밤 늦게야 잠자리에 든 탓에 알람에 맞춰 겨우 일어났다. 세수를 하러 밖에 나왔을 때, 엄마는 등을 보인 채 주방에 난 창을 바라보며 서 있었다. 깊은 생각에 잠긴 엄마의 뒷모습은 저수지 물속에 반쯤 잠긴 미루나무 같았다. 압력솥에서는 핏, 핏, 소리를 내며 밥이 익어가고 있건만 엄마의 몸은 요동조차 하지 않았다.

지난밤 엄마는 늦은 시간까지 공연복을 다림질해 걸어 놓고 태사혜와 하얀 양말에 수험표까지 점검했다. 짐 싸는 걸 도와준 뒤에는 도시락 재료를 챙겼다.

"벌써 일어났니? 깨우려고 했는데······."

엄마는 허물어져 내릴 것 같은 표정을 지우며 애써 웃었다. 김밥을 싸는 엄마의 정수리가 식탁의 삿갓등 아래에서 둥그렇게 빛났다. 엄마는 색색의 과일을 정성껏 나누어 담는 것으로 도시락을 마무리했다.

택시가 우리 앞에 멈추자 엄마는 뒷좌석 문을 열고 옷가방을 밀어 넣는다.

"공연복에 악기, 도시락, 등에 멘 가방까지 모두 네 개야, 알았지?"

"알았다고요."

나는 엄마의 등을 떠다밀 듯 빠르게 대답한다.

"버스 타면 전화하고."

엄마는 진화기를 든 사람처럼 손을 귀에 댄다. 택시가 출발하자 엄마의 모습이 점점 멀어진다. 코끝이 시큰하다. 앞으로 이렇게 살아가겠구나 싶은 쓸쓸함이 치솟은 탓이다. 공연복에 대금 가방을 품에 안은 채 미지의 세계를 향해 끊임없이 이동하며 살리라는 예감. 부르는 곳이 어디든 달려가 왕진 가방을 펼쳐놓는 의사처럼, 대금 가방을 펼치고 누군가의 마음을 어루만지게 될 그런 세계로 첫발을 내디딘 느낌이랄까.

예약해 놓은 표는 대전행 첫차다. 고속버스는 캄캄한 어둠 속을 달려 날이 새기도 전에 나를 터미널에 내려놓을 것이다.

그러면 대전역으로 달려가 영동 가는 기차로 갈아타야 한다. 그곳에서 난계국악당을 찾아가는 일이 더 기다리고 있으니 얼마나 시간을 잡아야 할까. 제시간에 도착할 수는 있을까. 가슴이 불안하게 뛴다.

버스에 올라 대금 가방을 구석에 세워 놓고 눈을 감는다. 토막 난 잠을 벌충해 두어야 하루 일정을 소화할 수 있을 터이다. 참가 인원이 많은데 컨디션까지 난조를 보이면 대회 수상은 물 건너가는 거다.

눈을 감았지만 잠은 오지 않는다. 몸에 박힌 가시처럼 의식이 곤추서 있는 느낌이다. 연지 선배, 서연, 성현의 얼굴이 스쳐간다. 그들에게 성과를 보여주고 싶다. 참가하는 데 의미를 두기엔 물질적, 정신적 부담이 만만치 않은 대회다.

편안하게 마음먹자. 상 못 받으면 어때? 즐기면 되는 거다. '연습은 실전처럼! 실전은 연습처럼!' 이건 평소 아빠의 지론이다.

'알았지? 빠샤~'

손을 번쩍 들어 하이파이브를 하는 아빠의 목소리가 들리는 것 같다. 얼마나 바쁘면 이렇게 무심할까? 야속하기도 하지. 등받이에 몸을 기대고 눈을 감는다.

휴대폰이 바르르 몸을 떤다. 아빠일까? 반가운 마음에 열어 보니 성현의 메시지가 떠 있다.

'가고 있냐? 상 못 받아오면 친구 끊을 테다ㅋㅋㅋ'

훗! 비스듬히 젖힌 몸을 일으켜 답장을 보낸다.

'지금 몇 신데…… 자라 자. 애들은 잠을 자야 쑥쑥 크지ㅋ
ㅋㅋ'

'이 형님이 너를 위해 백팔 배라도 해주랴?'

'헛소리 말고 자라니깐.'

'한턱 크게 기대하고 있을게ㅋㅋㅋ'

꽃다발 이모티콘이 곧장 날아온다. 이른 새벽 잠자리를 헤
치고 흔연스럽게 동승해 준 성현의 마음이 참으로 고맙다. 하
지만 성현은 내 좁은 속내를 일깨우게 만든 쓸쓸함의 원천이
기도 하다.

내가 지금껏 성현에게 허물없이 대할 수 있었던 것은, 우
정을 가진 지만의 특권이라고 생각했다. 하지만 어디 그런가.
세상의 모든 상처는 가까운 사람으로부터 시작된다는 것을.
나는 앞으로 얼마나 많이 부끄러워져야 사람들의 마음을 읽
어 낼 수 있을 것인가. 성현 역시 지금 이 순간 자신이 뱉어버
린 말을 수습하기 위해 안간힘을 쓰고 있는 것처럼.

며칠 전이었다. 마음이 바빴다. 수업이 끝나자마자 연습실
로 직행하려던 나는 부리나케 교실을 나서는 성현을 잡아 세
웠다.

"어디 가?"

"어, 갈 데가 있어서."

"뭔 소리야? 그럼 내 장단은?"

성현은 몹시 미안하다는 듯 난처한 표정을 지었다.

"오늘은 어려울 것 같은데 어떡하냐……. 다른 사람한테 부탁해 봐."

순간 열기가 팍 솟구쳤다.

"뭐야. 이틀밖에 안 남았는데?"

"미안하다. 그렇게 됐어……."

막바지 최종점검을 해야 할 이 중요한 순간에 장단을 쳐줄 수 없다고? 머릿속이 얼얼했다. 이게 뭐지? 나만 대회 나간다고 이러는 건가? 시기야? 질투야? 어떻게 우리 사이에! 이 녀석 또한 나를 견제하고 있었음에 틀림없어. 결정적인 시기에 이런 식으로 뒤통수를 치다니! 역시 다른 놈들과 똑같았던 거다.

나는 들고 있던 가방을 바닥에 탁 내려놓으며 목소리를 높였다.

"진짜 쪼잔하다……. 새끼야! 그러고도 네가 친구냐?"

나는 신경질적인 몸짓으로 아랫입술의 상처를 확 잡아 뜯었다. 그러자 물컹 피가 솟았다. 피를 손끝으로 꾹꾹 눌러 대며 화를 삭였다. 성현의 얼굴이 순식간에 하얘졌다. 당황한 듯 눈빛이 흔들렸다.

"말이 좀 지나치지 않냐?"

화를 참느라 숨을 천천히 몰아쉬는 모습이 안돼 보이긴 했지만, 애초에 일을 이렇게 만든 건 성현이었다. 해 줄 수 없다는 사실이 달라지지 않는 이상, 계속 입씨름을 이어가고 싶지 않았다. 이미 상황은 종료된 거나 마찬가지니까.

"알았으니까 그만 꺼지라고!"

그러자 성현이 가방을 복도 바닥에 내려놓고 천천히 다가왔다. 놀랍도록 침착해진 얼굴이었다. 성현은 턱 가까이 바짝 얼굴을 들이대며 낮은 목소리로 부르짖었다.

"너처럼 레슨 한번 받아보고 싶어 그런다……. 왜?"

나는 어깨를 한껏 뒤로 젖히며 그게 별거냐는 듯 퉁명스럽게 대답했다.

"뭐, 받으면 되지."

성현의 눈에 경멸의 빛이 스쳐 지나갔다.

"알았다……. 그만하자."

성현은 어깨를 늘어뜨린 채 뒤돌아 가방을 주워 들었다. 걸음을 떼지 않고 서 있던 성현의 숨이 가빠지며 어깨가 부풀어 오르기 시작했다. 그러거나 말거나. 나는 인상을 찌푸린 채 돌아섰다. 그러자 성현이 나를 돌아보며 큰소리로 외쳤다.

"레슨비 벌려고 알바 시작했다, 어쩔래? 씨발놈아!"

성현의 얼굴이 시뻘겋게 달아올라 있었다. 그토록 화를 내는 모습은 처음이었다.

"너처럼 제대로 한번 해보고 싶어서……. 대회도 나가고, 공연복도 좋은 걸로 맞추고……. 왜? 나는 그러면 안 되냐?"

바짝 힘을 준 성현의 눈알이 튀어나올 듯 새빨갰다. 순간 찬물을 뒤집어쓴 것처럼 정신이 얼얼했다. 우정이라는 이름으로 어렵게 지켜 왔던 우리의 안전선이 무너지고 있었다. 성현 또한 자신의 드러내고 싶지 않은 상처를 까발리고 어떻게 수습해야 할지 몰라 허둥댈 게 뻔했다. 그러니 어떤 식으로든 제자리로 돌려놓아야 했다. 하지만 때는 늦었다. 성현이 헐떡이며 욕지기를 토해내듯 빠르게 내뱉었다.

"넌 구제불능에 속물이야! 알아?"

순간 사위가 빠직, 소리를 내며 흔들렸다. 몸이 휘청, 흔들리다가 가까스로 균형을 잡는 기분이었다. 놀랍게도 마음이 차분해졌다. 용서를 달게 받은 느낌이랄까. 서로에게 상처를 주고받았으니 그걸로 상쇄가 된 거다. 이럴 땐 가벼워져야 한다. 그래야 이 어색한 상황을 벗어날 수 있다. 나는 장난치듯 성현의 얼굴을 빤히 들여다보며 웃었다.

"어쭈? 제법인데? 농담도 할 줄 알고."

성현의 얼굴이 참혹하게 일그러졌다.

"아까는 미안! 걱정 마. 내가 알아서 할게."

성현은 내가 복도를 빠져나올 때까지 한 마디도 보태지 못한 채 헐떡이며 서 있었다.

승객이 모두 잠든 새벽, 고속버스는 캄캄한 어둠을 뚫고 달리고 있다. 밖을 내다보는 유리창에 내 얼굴이 희끄무레하게 떠 있다. 나는 성현의 말을 오래오래 기억하게 될 것이다.

'넌 속물이야! 알아?'

하긴 성현의 속물이라는 말에 출처가 없는 것은 아니다. 언젠가 성현과 속물논쟁을 벌인 적이 있었기 때문이다. 지방의 소소한 대회라도 참가해 어떻게든 수상 실적에 점을 찍어 대학에 가 보겠다는 아이들과는 달리 시큰둥해하는 성현에게 내가 먼저 물었다.

"너? 안 나갈 거야?"

성현이 고개를 저었다.

"왜?"

"아직은 부족해."

"뭔 개소리야? 어차피 우린 프로도 아닌데……."

성현은 생각에 잠긴 얼굴로 말했다.

"부족한 이름으로 기억되고 싶진 않아. 완성된 소리를 내고 싶어. 그때가 언제일지는 모르지만……."

성현은 박수 소리에 취해 부족한 소리를 팔아먹을 수는 없다고 했다. 나는 알 수 없는 모욕감에 사로잡혀 발끈 목소리를 높였다.

"완성되지 않으면 골방에서 나오지 않겠다고? 끝까지 독야청청하겠다고?"

성현은 대답하지 않았다.

"고고한 척 하지 마. 소통하지 않는 음악은 죽은 음악일 뿐이야!"

성현이 슬픈 눈빛으로 나를 쳐다보며 입을 열었다.

"너야말로 착각하지 마. 사람들은 관객과 소통한다는 명목으로 재능을 과시하더라. 그게 속물이지."

나는 신음을 토해내듯 겨우 말을 받았다.

"그게 뭐가 어때서?"

성현은 대답하지 않았다. 나는 마른침을 삼키고 조급하게 말을 이어갔다. 목소리가 떨려 왔다.

"사람들은 우리가 아무리 고상한 척해도 딴따라에 지나지 않는다고 말해. 돈만 주면 누구 앞에서나 어릿광대 짓을 하는 사람들이라고. 결혼식, 칠순잔치, 정치인의 출판기념회 가리지 않고 찾아다니며 흥을 돋우고 웃음을 파는 광대일 뿐이라고 말야."

엄마도 그랬다. 애초 누구보다도 품격 있는 삶을 강조하던 엄마였다. 인호 선배의 부탁으로 간 친척의 칠순잔치에서 우리는 판소리, 대금 독주, 삼도사물놀이로 프로그램을 짜서 잔치의 흥을 돋우었다. 친척은 고마움의 표시로 우리에게 약간의 현금을 봉투에 담아 주었다. 나는 처음으로 돈을 벌었다는 생각에 뿌듯한 마음으로 엄마에게 봉투를 건넸다. 그러자 엄마는 봉투를 밀어내며 불같이 화를 냈다.

"이런 식으로 잔치 찾아다니면서 푼돈이나 벌라고 너 대금 공부시킨 거 아니다!"

어린 나이에 돈에 맛들이면 예술이 변질된다는 게 엄마의 주장이었다. 엄마는 굶어죽어도 예술적 자존심을 지키는 예인이 되기를 바란다고 했다. 이 돈, 저 돈, 코 묻은 돈까지 거둬들이는 장터의 약장수 같은 광대가 되기를 바라지 않는다고 했다. 나는 알 수 없는 수치감에 떨며 발끈 화를 내고 말았다.

"예인이랑 광대가 뭐가 다른데? 관객은 최선을 다히는 연주자 앞에서만 옷깃을 여미는 법이야. 그게 뭐가 중요하냐고!"

그때를 생각하면 얼굴이 뜨거워진다. 내가 지향하는 예술이란 어떤 것일까. 예인일까, 광대일까. 나는 제어할 수 없는 열기를 누르며 부르짖었다.

"우리는 제대로 된 광대가 되지 못함을 부끄러워할 뿐이라고!"

그러자 성현이 목소리를 누그러뜨리며 말했다.

"그래? 그렇다면 광대들 중에는 조용히 사라졌다가 평생에 단 한번 판소리 완창을 들고 나오는 나 같은 사람도 있어야 하지 않냐? 제대로 된 광대패가 되려면?"

성현은 큭, 소리를 내며 웃었다. 나는 비로소 얼굴의 근육을 풀었다. 그래, 맞다. 내가 꼴린 대로 살겠다고 마음먹었듯, 너도 네 자신이 원하는 길을 가는 거다.

성현은 속물근성을 비난하며 골방 연습을 주장하지만, 나는 판이 서는 마당이나 무대에 섰을 때가 가장 행복하다고 생각한다. 내가 세계의 중심이 되는 느낌이다. 모두 나를 바라보고 있다는 짜릿함! 그 황홀감에 중독되면 무대를 떠나서는 살 수 없게 된다.

하지만 관객과의 소통을 앞세우는 나 또한 성현의 말대로 재능을 과시하고 싶은 건지도 모른다. 인정받고 싶은 욕구, 그게 속물이라면 어쩔 수 없지. 욕망 자체에 무슨 죄가 있는가. 관객과 음악으로 소통하고 싶다는 욕구. 무대를 향한 솔직하고도 정직한 욕망에 죄를 물을 순 없다.

내가 성현에게 속물로 인식되는 동안, 나는 성현에 대해 얼마나 알고 있었는지 생각했다. 예술에 대한 열정 하나만을 공유했다고 여겼을 뿐, 나는 성현이 어떤 일상을 건너오고 있는지 전혀 알지 못했다. 배려라는 이름의 무관심, 우정이라는 이름의 회피였을 뿐이다.

어사화(御史花)를 잡아라!

"여기가 학생 자리인가?"

기차를 타고 지정된 좌석 번호를 찾아가니 할아버지 한 분이 앉아 있다가 미안해하는 얼굴로 힐끔거린다. 할아버지는 극구 사양하는 나의 대금 가방을 받아 무릎에 올려놓으며 어디까지 가는지 묻는다.

"영동? 나도 거기까지 가는데……. 어쩔까?"

할아버지는 내릴 때까지 자리를 내주지 못하는 것이 안타까운 모양이다. 하지만 나는 자리에 앉아 쉬고 싶은 게 아니다. 긴장과 초조에 사로잡힌 마음을 내려놓아야 하는 거다. 나는 가방에서 이어폰을 꺼내 귀에 꽂는다. 대회곡인 '염불도드리'가 귓속으로 흘러들어 온다.

몇 개의 역을 지나치는 동안 기차 안의 사람들은 갈수록 늘어난다. 그들의 행색을 살펴보니 아마도 난계국악축제를 즐기러 가는 행락객들인 듯싶다. 난계국악축제는 영동군에서 매년 실시하는 50년 전통을 가진 유서 깊은 축제다.

나는 조급한 마음을 갈앉히기 위해 차창 밖으로 스쳐가는 풍경에 눈길을 준다. 노랗게 익어가는 가을 들판을 배경으로 선 코스모스가 쉴 새 없이 바람에 흐느적거리고 있다.

마침내 영동역에 도착한다. 사람들이 길게 줄을 서서 내리기를 기다린다. 마음이 급하다. 서둘러 플랫폼을 빠져 나와 택시를 타기 위해 역 광장을 가로지르지만, 대기하는 택시는 한 대도 남아 있지 않다. 바로 그때.

"학생! 왜 여기 서 있어?"

기차 안에서 만난 할아버지다. 할아버지는 역 구석에 세워 놓은 오토바이를 끌고 막 광장으로 나온 참이다. 나는 난계국악당까지 태워다 주겠다는 할아버지의 등을 꼭 부여잡고 오토바이에 올라앉는다. 할아버지는 눈 깜짝할 사이에 나를 난계국악당 앞에 내려놓고 사라진다. 마치 축지법이라도 쓴 것 같다. 나는 고맙다는 말을 건성으로 내지르며 본부를 향해 달려간다.

국악당은 곳곳에서 모여든 참가자들로 인해 전쟁터를 방불케 한다. 울긋불긋 원색의 공연복을 차려입은 참가자들이

빽빽거리며 내지르는 악기 소리에 정신을 차릴 수가 없다. 대금 참가자만 60명이 넘는다. 순번 추첨이 이어진다. 번호표가 담긴 통에 손을 넣었다 뺀 아이들의 입에서 탄식이 터져 나온다. 나는 38번을 뽑는다. 나쁘지 않다.

밖으로 나오니 진구와 영배, 가연이 나를 보며 알은체를 한다. 셋은 진구 아버지의 차를 타고 어젯밤에 도착했다고 한다. 이들은 전국대회 어디를 가든 부모님이 번갈아가며 카풀을 맡기에 나처럼 어려움을 겪을 까닭이 없다. 게다가 국악계의 중진인 진구 아버지가 카풀을 명목으로 얼굴을 들이미는 꼴이니 심사위원들에게 무언의 압력이 될 것이다. 긴장과 불안 탓에 심사가 배배 꼬인다.

이들과 헤어져 대금 가방을 열고 있노라니, 심사위원으로 보이는 명인들이 삼삼오오 국악당으로 들어가는 게 보인다. 나는 연습이 손에 잡히지 않아 국악당 객석으로 들어가 자리를 잡는다.

곧이어 대회가 시작된다. 참가자들의 연주를 연이어 듣다 보니 끝까지 듣지 않고서도 실력을 가늠할 수 있겠다는 생각이 든다. 레슨 선생님이 첫 부분인 진양조를 왜 그렇게 강조했는지 이해가 된다.

가연에 이어 영배의 연주까지 듣고 객석을 빠져나온다. 서울국악고 아이들의 한결 같은 패기에 주눅이 들면서도, 그들의 연주가 서로 다르지 않다는 사실에 안도한다. 자신만의 색깔이 없다.

오후 대회가 시작된다. 대기실에 앉아 있는 동안 숫제 턱이 덜덜 떨린다. 앞 번호의 여자애가 무대로 불려 나간다. 나는 휘장 뒤에 서서 연주를 듣는다. 새의 날개가 벽에 부딪힌 듯 비명 소리가 난다. 여자애는 연이어 삑사리를 내고 있다. 숨이, 입술이, 손가락이 제 방향을 잃고 헤매는 소리일 것이다. 나는 딱딱하게 굳어 버린 입술을 연신 문지르고 있다. 오늘 나는 효명세자다……. 나는 지금 어머니 순원왕후의 40세 생신을 축하하기 위해 난계국악당에 와 있다……. 새파랗게 질린 얼굴로 여자애가 내려온다.

곧이어 내 차례다. 무대 중앙에 자리를 잡고 앉아 옷매무새를 살핀다. 정악대금을 추켜드는 손가락이 덜덜 떨린다. 맞은편엔 심사위원 대신 어머니인 순원왕후가 자애로운 미소로 나를 바라보고 있다고 생각한다. 그러자 마음이 한결 차분해진다.

나는 어머니의 부드러운 손길을 음미하듯 평온하게 연주를 시작한다. 순원왕후의 모습이 김밥을 싸고 있는 엄마의 모습으로 천천히 오버랩된다. 엄마의 어깨 위로 식탁의 삿갓등이 따뜻한 불빛으로 내려앉고 있다. 내 연주는 동그마니 비추는 불빛처럼 엄마의 피곤한 어깨를 어루만진다. 엄마는 자신의 어깨를 어루만지는 음악을 들으며 김밥을 싸다 말고 허리를 편다. 나를 바라보는 엄마의 미소가 꽃처럼 피어난다.

땡, 종소리와 함께 정악 연주가 끝난다. 진양조로 시작된 산조 연주는 부드럽고 아늑하다. 입술과 손가락과 대금이 서로의 감촉을 애무하며 녹아든다. 나는 강과 약의 중간에서 끊어질 듯 이어지는 음과 음 사이를 거닐며 오직 연주에만 몰두한다. 내 음악에 귀를 기울이며 마음을 다독이고 있을 사람들을 생각한다. '무재칠시(無才七施)'라 했던가. 가진 것이 없어도 베풀 수 있는 것이 있다면, 나는 음악으로 누군가에게 위로가 되고 싶다.

자진모리 가락으로 옮겨 짚는 순간, 마침내 손가락은 물을 거슬러 오르는 물고기처럼 튀어 오르기 시작한다. 선율은 환하게 솟구치는 물보라가 되어 장공을 비상하는 새처럼 자유롭게 음계를 넘나든다. 음악과 악기와 나는 한 몸이 되어 황홀경으로 빠져든다. 자진모리의 막바지를 향해 정신없이 전진하는 동안 어디선가 땡, 소리가 난다.

나는 두 손으로 대금을 감싸 쥔 채 허리 숙여 인사한다. 무대를 벗어날 때까지 연주의 감흥에서 빠져나오지 못한다. 딛는 발걸음마다 허방을 딛는 것처럼 휘청거린다.

대기실에서 옷을 갈아입고 국악당을 빠져나온다. 심사 결과가 나오기까지는 시간이 걸릴 것이다. 소극장과 별관 공연장 여기저기에서 가야금과 해금, 아쟁과 거문고의 경연이 이어지고 있다. 공연복을 입은 차림으로 잔디밭과 계단에 삼삼오오 모여 있는 참가자들의 얼굴에 긴장된 빛이 역력하다.

"아, 나 망했어!"

"나도 마찬가지야! 아예 기대를 말아야지……."

아이들은 한숨을 푹 내쉰다. 물론 결과는 알 수 없다. 불안하니 다들 그런 식으로 서로에게 위안을 받는 거다.

"야, 걔 어디 학교 애냐?"

"누구?"

"38번."

"왜?"

"잘하지 않던? 걘 붙을 것 같아. 아……. 다들 잘하던데. 왜 나만 빼고!"

남자애가 괴로운 듯 머리를 쥐어 싸맨다.

"연습할 때는 잘 되더니 오늘따라 왜 그렇게 삑사리가 나는지……. 미치는 줄 알았다야."

"기다려 봐. 또 아냐?"

남은 것은 혹시 모를 기대감뿐. 다들 불안한 속을 저렇게 다스리는구나.

본선은 60명 중 5명만 진출하도록 되어 있다. 내일 오전에 본선을 치르면 또다시 장르별 최우수자들끼리 장관상을 겨루는 최종심이 이어진다. 본선에 들지 못하면 오늘 당장 아무 소득도 없이 돌아간다는 뜻이다. 대회 참가자들 모두 예비전 공자들인 만큼 누구 하나 호락호락하지 않은 상대다. 그 생각을 하면 피가 마르는 느낌이다.

나는 국악당 앞 천변으로 걸음을 옮겨 쭈그려 앉는다. 잔잔히 불어오는 바람이 천변의 맑은 물결을 가만가만 흔든다. 머릿속이 한결 맑아지는 것 같다. 물속을 들여다보고 있노라니 피라미 떼들이 규칙적인 움직임으로 물결을 거슬러 오르는 게 눈에 보인다. 그들도 밀리지 않기 위해 안간힘을 다하고 있는 것일까.

국악당으로 돌아가니 참가자들이 로비에 모여 결과를 기다리고 있다. 그들의 얼굴이 긴장으로 뻣뻣하다. 이윽고 실무자기 심사표를 들고 나타난다. 벽면에 붙인 심사표 주변으로 몰려든 참가자들의 입에서 탄식이 쏟아진다.

나는 사람들의 머리를 헤치고 까치발로 서서 들여다본다. 2등이다! 정악에서 1점 차이로 밀려난 2등. 왈칵 눈물이 솟구친다. 가슴을 꽉 채우는 벅찬 눈물이다. 취약하다고만 생각했던 정악에서 가능성을 인정받은 것이다.

이토록 큰 성취감을 안겨준 대회는 지금껏 없었다. 정악에 자신감을 갖지 못한 내가 마음을 졸이며 연습에 몰두한 것도 이 때문이다. 드디어 해냈다는 성취감! 찾아드는 희열은 무엇으로도 표현할 수 없다.

엄마에게 전화를 건다.

"엄마, 나 붙었어……!"

"장하구나, 내 아들!"

엄마는 감격스러운 듯 코맹맹이 소리로 말끝을 흐린다.

"아빠가 들으셨으면 참 좋아하실 텐데……."

아빠에게 전화해 보지만 연결이 되지 않는다. 무슨 일이 있나? 불안이 가슴을 덮는다.

나는 5등 턱걸이로 간신히 예선을 통과한 진구와 함께 저녁을 먹고 여관에 든다. 난계국악축제가 벌어지는 영동 시내를 돌아볼 여유가 없다. 세수만 마친 채 무섭게 잠 속으로 빠져든다.

얼마나 잤을까. 머리맡에 놓아둔 휴대폰이 요란한 소리로 운다. 아빠다! 순간 잠이 확 달아난다.

"아빠? 어디야?"

"회사야."

아빠가 낮고 조용한 목소리로 대답한다.

"아빠, 무슨 일이 있는 건 아니지? 그렇지?"

"그러엄."

아빠가 천천히 힘주어 대답한다. 불안하게 드리워졌던 그늘이 눈처럼 녹아든다.

"본선 붙었다며? 엄마한테 들었다!"

나는 그제야 고개를 끄덕이며 빙그레 웃는다.

"혼자 찾아가느라 고생했을 텐데……. 미안하다."

나는 아빠에게 오토바이 할아버지 이야기를 한다.

"본선 붙은 게 그 할아버지 덕인가 보다."

"그런 소리 마. 내가 먼저 착한 일을 했으니까 그런 거지."

나는 아빠에게 맘껏 으스댄다. 아빠가 소리 내어 웃는다. 아빠의 웃음소리에 가슴이 환해지는 느낌이다.

"집에 가면 아빠 볼 수 있는 거지? 엄마랑 맛있는 거 먹으러 갈 수 있는 거지?"

"그래야지."

아빠의 말끝이 갈라진다.

"피곤할 텐데 어서 자거라. 또 연락하마."

나는 전화를 끊자마자 잠 속으로 미끄러져 들어간다. 따뜻한 물속을 유영하는 듯 꿈도 없는 아주 편안한 잠이다.

아침밥을 일찌감치 챙겨먹고 국악당으로 간다. 본선은 인원이 적은 만큼 속전속결로 이루어진다. 이어 본선 결과가 발표된다. 이번에도 2등이다. 진구가 4등으로 올라 5등과 순위가 바뀌었을 뿐, 어제의 결과와 크게 다르지는 않다. 1등은 전통예고 여자애다. 다섯 명의 입상자 중 나를 제외하고는 모두

서울 아이들이다. 실무자는 '지금껏 지방 예고생이 입상한 건 네가 처음'이라는 말로 나를 고무시킨다. 기쁜 마음으로 시상식에 참여한다.

오후에는 최종심이 있을 예정이다. 고등부 최고상인 장관상을 두고 부문별 최우수자들끼리 실력을 겨루어 난계대회 최고의 실력자를 뽑는 것이다. 대금뿐만 아니라 피리, 해금, 아쟁, 거문고, 가야금, 살풀이, 민요, 판소리, 정가, 시조 등 모든 부문의 1등 수상자들끼리 한데 모이는 자리다.

최종심이 시작된다. 바늘 끝도 파고들 수 없는 그들의 연주는 난형난제(難兄難弟)의 진경(珍景)이다. 피리와 해금 연주가 끝나고 대금과 살풀이가 지났을 때, 판소리 부문의 최우수자가 무대에 등장한다. 작고 앙증맞은 체구로 당당하게 걸어나오는 참가자를 보는 순간, 나는 눈과 귀를 의심한다.

연지 선배다! 전국대회 2등이면 지방 예고생으로 선전했다고 생각했던 내게 연지 선배의 등장은 심장을 관통하는 충격이다. 숨 돌릴 겨를도 없이 곧바로 연지 선배의 아니리와 창이 이어진다. 심청이 공양미 삼백 석에 몸이 팔려 인당수로 향할 때의 주변경치를 묘사한 '범피중류(泛彼中流)' 대목이다.

그때의 심청이는 세상사를 하직허고 공선에 몸을 싣고 동서남북 지향 없이 만경창과 높이 떠 영원히 돌아가는구나.

범피중류 둥덩실 떠나간다. 망망헌 창해이며 탕탕헌 물결 이로구나. 백빈주 갈매기는 홍요안으로 날아들고 삼강의 기러기는 한수로 돌아든다. 요량헌 남은 소리 어적이었마 는 곡중인불견의 수봉만 푸르렀다.

연지 선배의 목소리가 처연하게 이어진다. 슬픔이 내 몸을 심해 깊숙이 끌고 들어가는 것 같다. 저리도 아름답고 애절한 소리를 이 자리에서 다시 듣게 되다니⋯⋯. 그것도 내가 무시 했던 연지 선배의 목소리로. 그렇게도 오르고 싶었던 저 자리 에서⋯⋯!

장관상은 연지 선배에게 돌아갔다. 나는 계속되는 충격에 벌린 입을 다물지 못했다. 만나서 축하해 주어야 한다고 생각 했지만, 나는 연지 선배와 마주치게 될까 봐 시상식이 시작되 기도 전에 국악당을 빠져나오고 말았다.

어떻게 집에까지 왔는지 모르겠다. 기차와 버스와 택시를 번갈아 타고 돌아오는 길은 그야말로 고난의 연속이었다. 무 거워진 몸을 추스르기 어려웠다. 보기 좋게 KO 펀치를 맞은 느낌이랄까. 이제야 비로소 한 줌도 안 되는 재능을 믿고 까 불었구나 싶은 자괴감이 바닥을 쳤다.

흔들리는 마음

교문에 현수막이 붙는다. 전국대회의 수상을 대외적으로 홍보하고 학생들의 의욕을 북돋기 위한 조처였다고는 해도 어쩐지 나는 고개를 들 수가 없다. 지난 봄, 연지 선배와 내가 연루된 폭력사건이 어떻게 일어났는지 국악과라면 다 알고 있다. 선생님들뿐만 아니라 다른 과에까지 퍼져 있던 상황이 아닌가.

"오~ 쩐다! 2등이 1등을 무시했다는 거네? 그것도 후배가 선배를!"

"대에~~~~박!"

시샘과 질투로 먹고사는 전공의 세계에서 축하는 멀고 비아냥은 가깝다. 학교에서 마주친 연지 선배는 여전히 내게 알은체를 하지 않는다. 철저히 무시하는 것으로 나를 응징한다. 얼굴색 하나 바뀌지 않는 선배에게 나는 그 흔한 축하인사 한마디도 건넬 수 없다.

돌아오자마자 부문별 우수자 발표 수업이 기다리고 있다. 성현은 성악 부문에, 나는 관악 부문에 실기 우수자로 선정되어 있다. 나는 고심 끝에 금샘을 찾아가 우수자 명단에서 빼달라고 간청한다. 금샘이 고개를 흔든다.

"왜 그래? 전국대회 수상 실력을 보여 줘야지. 다들 궁금해하던데."

이유를 마땅히 설명할 수 없어 괴롭다. 내가 우물쭈물하자 금샘은 우수자 발표는 해도 되고 안 해도 되는 수업이 아니라며 어깨를 토닥인다. 선정에서 결재까지 임의로 바꿀 수 없는 절차상의 문제도 있다. 국악과 전 교사가 평가하고, 전학년 학생들이 감상하는 수업 형태를 내 맘대로 바꿀 수는 없다는 거다.

성현과 나는 예전처럼 서로의 장단을 치기로 한다. 달라진 것은 아무 것도 없다. 흔들리는 것은 내 마음일 뿐.

마침내 발표 날이다. 나는 순서에 따라 성현의 장단을 치기 위해 북을 들고 무대에 오른다. 성현이 준비한 소리는 〈적벽가〉 중 '적벽대전'이다. 조조의 백만 대군이 오나라와 촉나라의 연합대군에 의해 적벽강에서 몰사한다는 대목이다. '적

벽대전'은 수십 번을 들어도 질리지 않는 판소리의 눈대목이
지만, 워낙 난이도가 높은 터라 하겠다고 나서는 사람이 적
다. 성현은 숨을 크게 들이쉰 다음 천천히 내뱉으며 소리를
시작한다.

  이 말이 지듯마듯 뜻밖에 살 한 개가 피르르르 문빙 맞어
  떨어지고 황개 화선(火船) 이십 척 거화포(擧火砲) 승기전
  (乘機箭)과 때때때 나팔소리 두둥둥 뇌고(雷鼓) 치며 번개
  같이 달려들어 한 번을 불이 비썩 천지가 떠그르르르 강
  산이 무너지고……

  부채를 흔들며 조조군 병사들과 함께 고꾸라지고 물에 빠
져 죽어 가는 너름새를 해보이면서도 성현은 필사적으로 소
리 길을 놓치지 않는다. 배 속에서 바로 뽑아내는 통성의 호
방한 기상으로 혼신을 다하는 성현의 얼굴에 피가 몰리듯 벌
겋게 달아올라 있다. 둥! 둥! 둥! 나는 성현의 소리가 만들어
내는 길을 따라 열심히 북채를 휘두른다. 진격을 외치는 장수
의 외침에 화답하듯 내 입에서는 추임새가 연이어 터져 나온
다. 이마에서 흘러내린 땀이 눈 속으로 들어간다. 눈이 소금
을 삼킨 듯 쓰라리다.
  성현의 소리는 '일고수(一鼓手) 이명창(二名唱)'이라는 말을

단연 무색하게 만든다. 성현의 소리는 북을 따라가는 것이 아니라 스스로 길을 내어 가고 있다. 지금껏 내 장단이 성현의 소리에 잘 맞추어 왔다고 자부해 왔음에도 불구하고, 지금의 나는 성현이 전도양양하게 뻗어 가는 소리 길을 허겁지겁 쫓아가고 있을 뿐이다.

"아이고, 아버지 어머니! 나는 하릴없이 죽습니다. 언제 다시 뵈오리까"
빌다 물에 가 풍 버끔이 부그르르르 또 한 놈은 그 통에 한가(閑暇)한 채 허고 시조 반장 빼다 죽고 직사몰사 대해수중 깊은 물에 사람을 모두 국수 풀 듯 더럭더럭 풀며 …… 독바늘 적벽 풍파에 떠나갈 제 일등명장이 쓸 디가 없고 날랜 장수가 무용이로구나.

손에 힘이 풀려 더 이상 북을 칠 수 없을 지경이 되어서야 성현의 〈적벽가〉가 끝이 났다. 온몸에서 식은땀이 솟아오른다. 레슨을 받는다더니 성현의 소리가 이렇게까지 달라질 줄은 몰랐다. 잘 만들어진 블록버스터 전쟁영화 속에 푹 빠져들었다가 나온 기분이다. 성현의 얼굴엔 세계대전을 이끈 장수가 승리감에 도취하듯 희열로 가득하다.
나는 알 수 없는 불안감에 사로잡히고 만다. 성현이 인사를 마치고 무대에서 내려온 한참 후까지도 박수 소리가 끊이지 않는다.

"잘했어!"

금샘이 성현을 향해 엄지를 추켜든다. 성현은 땀이 범벅된 얼굴로 환하게 웃는다. 나는 마룻바닥에 앉은 연지 선배를 돌아본다. 얼굴에 만족스러운 미소가 번져 있다. 그들만의 의기투합. 가슴이 쓰리다.

나는 북을 선반에 얹어 두는 척하며 그들의 시선을 외면한다. 성현에게 축하를 건네고 싶지만 입이 열리지 않는다. 마음에 없는 말을 쏟아 놓은 뒤 찾아올 회한을 감당할 자신이 없다. 엎친 데 덮친 격이라더니, 난계대회의 충격이 채 가라앉기도 전에 또다시 맞은 펀치가 아닌가. 나는 아이들을 멍하니 바라본다. 내 안의 무언가가 빠져나가고 껍질만 남겨진 느낌이다.

다시 연지 선배를 눈으로 쫓는다. 그러자 뜨거운 오기가 가슴을 훑는다. 저 얼굴에 놀라움을 실어 주고 싶다. 감탄에 마지않는 눈길로 고개를 끄덕이게 만들고 싶다. 어떤 식으로든 나를 부정할 수 없게 만들고 싶다.

나는 가림막으로 세워진 병풍 안쪽에 앉아 차례를 기다린다. 가야금과 설장구 발표는 금방 끝이 난다. 그들의 공연에는 관심이 없다. 오직 내 연주에 대한 욕망으로 꽉 차 있을 뿐이다. 어느덧 내 차례가 된다.

성현이 장구를 들고 앞장서 무대를 향해 걸어 나간다. 〈짧은 산조〉의 진양조에서 자진모리까지 이어질 연주. 난계대회 본선 실력을 그대로 보여 주면 된다.

딱!

성현이 장구의 변죽을 때리며 시작을 알린다. 잔뜩 들이마신 숨을 천천히 토해 내며 진양조로 들어선다. 그러자 나를 똑바로 주시하고 있던 연지 선배의 모습이 시야에 들어온다. 안간힘을 다해 입술을 그러모은다.

초반부터 불안하게 호흡을 밀고 가는 형국이다. 취구에 입술을 단단히 밀착하고 김을 불어넣지만, 숨이 짧아지니 진양조의 낮고 은은한 가락을 이어갈 수가 없다. 연지 선배의 눈길이 가시처럼 나를 쪼아대는 것 같다. 성현이 장단을 메기면서 웬일이냐는 듯 나를 향해 눈을 치켜세운다. 무언의 격려다. 진양조가 이렇게 멀게 느껴지기는 처음이다.

겨우 진양조를 빠져나와 있는 힘을 다해 중모리에 들어서는 순간, 삑~ 소리가 난다. 갈라져 버린 청 사이로 쉭, 쉭, 바람 빠지는 소리만 새어 나온다. 이럴 수가……! 간당간당 붙어 있던 갈대청 상태를 살피지 못한 내 불찰이다. 눈앞에 캄캄한 어둠이 드리워지며 무대와 함께 내 몸이 땅속으로 떨어져 내린다.

집은 텅 비어 있다. 엄마는 없다. 곧바로 침대에 몸을 던진다. 몸을 곧추세울 수도 없을 만큼 무겁다. 그러나 잠은 쉬이 찾아들지 않는다.

나는 지금 판소리와 대적하겠다는 것인가? 판소리가 가진 전달력을 관악기 연주와 비교하려는 자체부터가 무모한 짓이다. 표현하는 방식 자체가 다르지 않은가. 소리와 연기로 표현되는 종합예술로서의 판소리에, 오직 선율 하나만으로 표현해야 하는 관악기 연주를 어떻게 비교할 수 있단 말인가. 판소리는 판소리고, 대금은 대금이다. 내가 가는 길은 너희들과 분명 다르다. 비교하면서 기죽을 이유는 없다. 다르니까…… 다르니까……. 잠꼬대를 중얼거리듯 점점 나락으로 빠져든다.

누군가 내 얼굴을 어루만지고 있다. 눈을 떠보려고 하지만 완강하게 붙어 버린 눈꺼풀이 밀어 올려지지 않는다. 손끝은 거칠거칠한데도 부드러운 가시처럼 따뜻하고 온화하다. 이 거친 부드러움이라니. 나는 눈두덩에 잔뜩 힘을 준 채 억지로 눈을 뜬다. 아빠다!

"아빠!"

나는 용수철처럼 튕겨 일어난다. 웃는 듯 우는 듯 종잡을 수 없는 표정을 한 아빠의 얼굴이 몹시 핼쑥해져 있다. 얼굴이 보이지 않을 만큼 모자를 깊숙이 눌러쓴 아빠가 낯선 사람

같다. 아빠가 당황해하며 검지를 입술에 댄다.

"쉿!"

아빠가 문쪽을 향해 힐끔거린다. 덩달아 나도 불안한 눈으로 주위를 둘러본다. 캄캄한 어둠이 체포영장을 들고 선 수사관처럼 아빠의 등 뒤에서 포진하고 있다. 나란히 선 엄마의 눈 속에도 눈물이 그렁그렁하다. 수염이 두서없이 자라난 아빠의 얼굴이 윤기라곤 다 빠져 버린 마른 낙엽 같다. 나는 이불을 두 발로 걷어 내며 침대 가장자리에 걸터앉는다.

"아빠, 웬일이야?"

내 목소리가 허공에서 울리듯 멀게 느껴진다.

"웬일이긴, 너 보러 왔지."

아빠가 애써 태연한 목소리로 웃는다. 불안과 반가움이 뒤섞인 아빠의 목소리와 엄마의 물에 젖은 눈동자가 만들어 내는 기묘한 떨림은 내가 목소리를 높여도 지워지지 않는다. 불길한 기운을 해독할 수 없어 두렵다. 아빠의 눈빛에 어려 있던 자애로운 미소는 사라지고 없다. 무엇인가를 경계하는 불안만이 짙게 배어 있을 뿐이다.

"어서 자라."

아빠는 내 어깨를 다독이고 몸을 일으킨다. 나가기 전, 책상 위에 놓인 상장을 발견한 아빠는 회한에 젖은 듯 한참을 들여다본다. 아빠가 방을 나간 뒤 다시 잠자리에 누웠으나 머릿속은 자꾸만 무언가에 떠밀리는 느낌이다. 아직도 꿈속에 들어 있는 것 같다. 자자. 아침에 일어나면 다 정리되어 있을 거야. 아빠가 돌아왔으니까.

뒤척이다 겨우 잠든 꿈속에서조차 어지럽기 짝이 없다. 나는 무대 중앙에 서 있다. 머리맡에 조명이 하얗게 쏟아져 내리고 있지만, 무대 아래로는 까마득한 절벽이다. 관객의 얼굴이 보이지 않는다. 나는 온 힘을 다해 취구에 입김을 불어 넣지만 대금 소리는 적막에 묻혀버린다. 힘겹게 지공을 짚어 나가던 내 손이 땀에 젖어 자꾸만 미끄러진다. 내보낸 소리는 다시 돌아오지 않는다. 소음보다 무서운 침묵의 공간. 나는 허허벌판 같은 무대 위에서 안간힘을 쓰다가 잠에서 깬다. 시계를 보니 겨우 10여 분이 지났을 뿐이다.

어둠 속에서 눈을 뜬 채 꿈속에서 느꼈던 막막함을 헤아려본다. 왜 이러지? 나는 다른 아이들은 쉽게 이루지 못한 수상 실적을 거두었다. 그런데도 별로 기쁘지 않은 이유는 뭔가. 연지 선배 때문인가? 연지 선배는 어떻게 단 몇 개월 사이에 그렇게 달라져 버릴 수 있단 말인가. 도대체 가당키나 한 일인가?

목이 탄다. 물을 마시기 위해 부엌으로 간다. 냉장고 문을 여는 순간, 어떤 소리가 뒤통수를 잡아챈다. 울음소리다. 잘못 들었나? 나는 반쯤 열린 냉장고 손잡이를 잡고 열지도 닫지도 못한 채 서 있다. 귀는 울음소리를 향해 촉수를 뻗어 간다. 울음소리는 안방으로부터 새어 나오고 있다. 참아내기 위해 안간힘을 쓰는 울음소리다. 이어 머뭇거리는 듯한 남자의 말소리가 이어진다. 나는 안방 문 앞으로 살금살금 걸어가 귀를 댄다.

"당신과 준우는 살아야 해. 그러니까 제발……."

"안 돼요, 안 돼. 절대 그럴 순 없어요!"

"부도에서 우리 가족이 살아남는 방법은 이 길밖엔 없어. 그러니 제발……. 이혼해 줘!"

잘못 들었나? 부도는 뭐고 이혼은 뭐야? 아빠 엄마는 금슬 좋기로 세상에 둘째가라면 서운해할 사람들인데, 저런 말들은 텔레비전 드라마에서나 나오는 대사가 아닌가? 나는 고개를 갸웃거리며 안방 문을 똑똑 두드린다. 소리가 일순 멈춘다. 이어 급하게 스위치를 내리는 소리.

"무슨 일이니?"

물기에 젖은 목소리가 새어 나온다. 나는 무심결에 방문을 연다. 불이 꺼진 안방은 어둑하다. 부엌불이 당황해하는 엄마의 얼굴을 희미하게 비춘다. 이불 속에 든 듯 아빠의 모습은 보이지 않는다.

"뭔 소리가 들린 것 같아서……."

"아무 일 없다. 어서 가서 자거라."

불빛에 눈이 부신지 붉게 충혈된 눈을 손으로 가리는 엄마의 얼굴이 연극 배우처럼 왠지 어색하다.

"아빠는?"

"주무셔. 왜?"

"아냐."

나는 문을 닫고 곧 물러난다. 석연찮은 밤이다.

13

그만 집어치울까?

입술 부위의 상처는 좀처럼 낫지 않는다. 연이어 피가 흐르고 딱지가 앉으면 무심결에 뜯고 또 뜯는다. 밤마다 거울 앞에 서서 연고를 펴 바른다. 알 수 없는 그 무언가에 쫓기는 듯한 기분이다. 슬럼프인가. 연지 선배를 생각하면 아무것도 할 수가 없다. 게다가 성현이 보여 준 최상의 실력은 나를 초조와 불안의 구렁으로 몰아넣는다.

취구에 입술을 댈 때마다 선율보다 비명이 먼저 터진다. 입술이 대금을 밀어내는 건지, 대금이 입술을 거부하는 건지 알 수 없다. 그래서 이번 기말평가에서 형편없는 점수를 받았다. 아이들은 피 흐르는 내 입술을 보며 의아해한다.

"너무 열심히 하다 본시험 망친 거 아냐?"

연습을 제대로 하지 못했다고 고백하기엔 자존심이 용납하지 않는다. 이러다 미치는 건 아닐까. 2학년의 겨울이 암울하게 시작되고 있다.

오늘도 마찬가지다. 야간자율학습이 없는 금요일 오후, 연습실에 남아 이러지도 저러지도 못한 채 빈둥거리고 있다. 정수리 끝까지 피가 몰리는 느낌이다. 연습실에서 입술 부위의 거스러미만 뜯어내고 있던 나는 결국 자리를 박차고 일어난다.

나는 단단히 주먹을 쥔 채 비척비척 화장실을 향해 걸어간다. 온몸을 휘감고 있던 적의(敵意)가 주먹 속으로 꿈틀꿈틀 모여드는 기분이다. 뭐든 손에 닿기만 하면 부숴버리고 싶은 맹렬한 울화. 어쩌면 나 자신을 향한 것인지도 모르겠다.

기회는 우연히 찾아온다. 화장실에서 나오던 한 녀석이 내 몸을 벽 쪽으로 바짝 밀어붙이며 지나간다. 일부러 다가오지 않고서는 있을 수 없는 각도다. 등에 메고 있는 녀석의 바이올린 가방이 순식간 내 손등에 실금을 그어놓는다. 얼굴에 열기가 확 솟구친다. 이 새끼! 나한테 먹어달라고 들이대는 거냐? 나는 어깨를 잔뜩 부풀린 채 인상을 긋는다.

"이런 씨발!"

그러자 녀석이 휙, 몸을 돌린다. 머리통은 작고 덩치가 큰 탓에 곰처럼 미련해 보이는 녀석이 나를 노려보고 있다. 꼬나보면 어쩔 건데?

녀석은 눈썹을 사납게 일그러뜨리며 입술을 비튼다. 건드리면 죽여 버리겠다는 듯 바짝 독이 올라 있는 얼굴이다. 나는 어금니에 힘을 준다. 그래, 누구 독이 독한가 한번 대보자.

녀석은 음악과 3학년으로 평소 건들거리는 행동과 함께 무식한 국악과와는 상종도 하기 싫다는 말로 국악과 아이들의 공분을 샀다. 서양음악에 비해 국악이 대접을 못 받고 있는 현실이야 어제오늘 일은 아니지만, 학교 내에서조차 이 반 저 반 비교하며 성적이 어쩌네, 품행이 어쩌네 하며 사사건건 무시당하고 있다는 열패감도 한몫했을 것이다. 기회만 되면 한번 발라 줘야겠다고 은근히 벼르고 있던 참인데 제 발로 걸어 들어오다니. 마음을 단단히 가다듬는다.

"이 새끼가! 선배한테 어딜 함부로 주둥아릴 놀려?"

녀석이 바이올린을 내려놓는가 싶더니 다짜고짜 주먹으로 치고 들어온다. 나는 날렵하게 몸을 피한다. 녀석의 두 번째 주먹이 날아온다. 또 반대 방향으로 살짝 몸을 젖힌다. 흐흐. 그렇게 둔한 몸으로 뭘 해보겠다는 거냐. 나는 입술을 일그러뜨리며 웃는다.

"이 새끼가!"

잔뜩 독이 오른 녀석이 나를 향해 달려든다. 나는 으르렁대는 육중한 짐승의 발길에 정통으로 정강이를 맞고 널브러진다. 안경이 눈자위에 핏빛 선을 그으며 튕겨나간다. 녀석이 내 몸 위에 올라타고 주먹을 휘두른다. 코피가 얼굴을 적시고 흘러내린다. 나는 녀석의 몸에 깔려 숨도 제대로 쉴 수가 없다. 한동안 버둥대던 나는 마침내 녀석의 다리를 이로 악 문다. 녀석이 비명을 지르며 뒤로 나자빠진다. 머리를 부딪쳤는지 손으로 머리를 감싸며 비틀비틀 일어난다. 내가 몸을 추스르며 숨을 고르는 동안, 녀석이 콧김을 내뿜으며 저돌적으로 달려든다.

나는 다급하게 벽에 세워져 있던 바이올린 가방을 집어 던진다. 그러자 시멘트 벽에 부딪친 바이올린 가방의 뚜껑이 쩍 벌어지더니 날카로운 소리를 내며 바이올린 목이 부러져 버린다.

연습실에 있던 국악과 아이들 몇이 소동에 놀라 몰려나온다. 찢겨 나간 교복에다 코피가 흩뿌려진 복도는 이미 난장판이 되어 있다. 아이들이 소리친다.

"이 개놈, 이참에 아주 죽여 버려!"

아이들이 웅성거리며 소리를 질러대는 사이, 곧이어 음악과 아이들이 달려온다. 국악과와 음악과의 패싸움으로 전이될 일촉즉발의 상황이다.

녀석은 달려온 음악과 아이들의 기세를 업고 보란 듯이 내게 돌진한다. 하지만 나는 이미 부러진 바이올린의 목을 추켜들고 녀석을 겨냥하고 있다. 그러자 놀란 녀석이 주춤 뒤로 물러선다.

"달려들기만 해, 아주 죽여 버릴 테니까!"

나는 녀석을 향해 바이올린을 높이 쳐든다. 그러나 내 손은 소식을 듣고 달려온 학생부장의 손에 간단히 제압당하고 만다. 녀석도 마찬가지다. 학생부장과 함께 달려온 고수머리의 손에 붙잡혀 버둥거리고 있다. 녀석과 나는 분을 이기지 못한 얼굴로 입가에 버캐를 문 채 서로를 노려보며 씩씩거린다. 우리는 우악스럽게 손목을 잡아챈 학생부장과 고수머리에 의해 상담실로 끌려간다.

별관 1층 구석에 위치한 상담실에서 여자애 두어 명과 노닥거리고 있던 상담선생이 거칠게 문을 열어젖히고 들어서는 학생부장을 보고 벌떡 일어선다. 학생부장은 녀석과 나를 의자에 앉힌 후 씩씩거리며 손을 턴다. 여자애들이 슬금슬금 상담실을 빠져나간다.

"이 새끼들 담임은 뭐하느라 코빼기도 안 보이는 거야?"

학생부장은 버럭 화를 내더니 신경질적으로 전화기 버튼을 눌러댄다. 담임 호출이 여의치 않자, 이번에는 학부모 비상연락망을 뒤적이기 시작한다. 그 사이 고수머리는 녀석과 내 앞에 종이를 한 장씩 내민다.

"육하원칙에 맞게, 처음부터 끝까지 사실대로 경위를 써. 하나도 빼먹지 말고, 알았지?"

끈질기게 전화번호를 누르던 학생부장이 나를 향해 신경 질적으로 묻는다.

"인마, 너 고아냐? 왜 부모가 한 사람도 전화를 안 받아?"

나는 어깨를 으쓱한다. 우리는 고수머리의 다그침에 못 이겨 종이에 고개를 처박는다.

곧이어 값비싼 모피코트를 차려입은 여자가 상담실로 들이닥친다. 모피코트는 떨리는 손으로 학생부장 옆에 세워 놓은 바이올린을 집어 든다. 대강이가 부러진 바이올린이 줄에 매달린 채 대롱대롱 흔들린다.

"이게 얼마짜린데……!"

탐욕스럽게 늘어진 모피코트의 볼이 분노를 이기지 못해 바들바들 떤다. 금방이라도 손톱을 치켜들고 달려들 것만 같다. 모피코트가 나를 향해 독을 품은 듯 눈을 치켜세운다.

"네가 그랬니?"

나는 대답하지 않는다. 그러자 모피코트는 쓰러질 듯 의자에 주저앉더니 바락바락 악을 써댄다.

"이게 웬 날벼락이냐고! 수시에 다 떨어지고 악기까지 요 모양이 됐으니 어쩌냐고……!"

녀석이 품은 독의 정체를 알 만하다. 게다가 앞뒤 가릴 줄 모르는 후배와 붙었으니 오죽 쪽팔리겠냐. 녀석은 인상을 잔뜩 구긴 채 발악하듯 모피코트를 향해 소리친다.

"그만해!"

그러자 그때껏 인상을 찌푸리고 있던 학생부장이 녀석을 제지한다.

"시끄러, 뭘 잘했다고 큰소리야?"

그러자 모피코트가 두 눈을 꼿꼿이 치켜뜬다.

"그러는 선생님은 뭘 잘했다고 큰소리예요? 우리 애를 이 지경으로 만들어 놓고도 할 말이 있어요?"

학생부장은 어이가 없는지 아연실색한 표정을 짓는다. 붉으락푸르락 달아오른 모피코트의 얼굴이 가히 볼 만하다. 세상에 무서울 것 없는 안하무인의 종족이다. 하긴 졸업할 날도 머지않았는데 두려울 게 뭐람. 모피코트는 악다구니를 쓰며 녀석의 짐을 챙긴다.

"너, 치료비에 악기 값 물어내야 하는 거 알지?"

나를 쏘아보는 모피코트의 눈빛이 험악하다. 그러자 학생부장이 귀찮다는 표정으로 손사래를 친다.

"알았으니 오늘은 일단 데리고 가세요. 징계위원회에 회부되기 전에 소명할 기회를 줄 겁니다. 하고 싶은 얘기는 그때 하세요."

그러자 모피코트가 눈을 까뒤집고 달려든다.

"뭐? 징계위원회요? 우리 애가 당했잖아요! 하기만 해봐. 가만있지 않을 테니!"

모피코트는 녀석의 팔을 거칠게 낚아채고는 상담실 문을 열고 나가 버린다. 학생부장은 모피코트가 나간 문을 한참 쏘아보다가 이내 고개를 거두더니 의자를 끌고 와 내 옆으로 앉는다.

"너 이 새끼! 지난봄에 사건 일으킨 놈 맞지?"

나는 고집스레 앉아 있을 뿐 대답하지 않는다.

"다 죽어가던 놈이 살아나 또 문제를 일으킨단 말이야? 도대체 반성의 여지가 없어."

"저 새끼가 먼저 건드렸다고요!"

학생부장은 머릿골이 아프다는 듯 잔뜩 찌푸린 얼굴로 이마를 짚고 있더니, 내 앞에 놓인 종이를 집어 든다.

"알았다. 일단 오늘은 여기서 끝내자. 나도 바쁘다."

학생부장과 고수머리는 녀석과 내가 쓴 경위서를 챙긴 다음, 월요일에 부모님을 모셔오라는 말을 덧붙인 뒤 상담실을 나간다.

밖에 나오자 이미 사위는 어둑해져 있다. 이대로 곧장 집으로 돌아가고 싶지는 않다. 정수리가 화로를 올려놓은 듯 뜨겁다. 나는 머리도 식힐 겸 불구덩이 같은 눈자위를 쓰윽 문지르며 창고 뒤쪽으로 걸음을 옮긴다. 차가워진 한겨울의 공기가 온몸을 옥죄고 든다.

나는 잔뜩 몸을 웅크린 채 벤치에 앉는다. 시멘트의 싸늘

한 기운이 엉덩이를 타고 온몸으로 올라온다. 가슴팍을 더듬어 본다. 이럴 때 담배라도 있으면 좋을 텐데. 입술이 간질거려 손으로 쓱 문지른다. 뜨거운 숨을 연기처럼 토해 내며 흐린 하늘을 올려다보고 있으려니 문득 등 뒤에 인기척이 느껴진다. 성현이다.

"언제 나왔냐? 한참 찾았다."

녀석이 비식비식 웃으며 다가와 옆에 앉는다. 성현은 우울한 낯빛으로 앉아 있는 나를 쳐다보며 걱정스러운 듯 묻는다.

"괜찮냐? 아까 그 선배 부모가 학교 운영위원장이라던데 어쩌냐? 가만히 있지 않을 태세던데……."

"할 테면 하라고 해. 내가 눈 하나 꿈쩍할 거 같냐?"

말끝을 잡아채듯 거칠게 대꾸하는 내 말에 성현이 과장된 몸짓으로 움찔한다.

"에구 무서……. 근데 너 싸움 잘하더라. 멋졌어!"

성현이 엄지를 추켜들며 웃는다.

"그 새끼 꺼들거릴 때부터 알아봤다니까. 제 부모 백 믿고 그런 모양이야."

침묵이 이어진다. 성현은 어색한 듯 큼큼 헛기침 소리를 내더니 내게 바짝 다가앉으며 속삭인다.

"연지 선배 예종 합격했다더라. 들었지?"

나는 아무런 대답도 하지 않는다. 여태껏 나를 짓누르고 있는 옥죄임의 정체다. 그러자 성현이 푸념을 하듯 다리를 쭉 뻗으며 길게 한숨을 토해 낸다.

"좋겠다……."

오늘 점심시간, 진학실에서 나오던 연지 선배와 복도에서 하마터면 부딪칠 뻔했다. 환하게 웃던 얼굴이 나를 보자 일시에 굳었지만, 이내 선배는 아무렇지도 않다는 듯 새침한 표정으로 지나갔다.

하릴없이 발끝으로 땅바닥을 문지르고 있던 나는 마음에 담아 두었던 의문 하나를 꺼내든다.

"그게 진짜로 가능한 일이냐?"

"뭐가?"

교복의 보푸라기를 뜯어내고 있던 성현이 뜨악한 얼굴로 나를 돌아본다.

"석 달 만에 그렇게 실력이 달라질 수도 있는 거냐고."

성현은 보푸라기를 손에 든 채 곰곰이 생각에 잠긴 얼굴로 말끝을 흐린다.

"글쎄……."

빈 가지에 위태롭게 붙어 있던 플라타너스 이파리 하나가 허공을 빙 돌더니 발부리에 소리 없이 떨어진다.

"뭐, 불가능한 일은 아니겠지. 어떻게 연습하느냐에 달려 있을 테니까."

"그런 게 어딨어? 넌 같은 전공 아니냐?"

"야, 그런 거 알면 진작 내가 써먹었지."

성현이 풀 죽은 목소리로 중얼거린다.

"도대체 이해할 수가 없어."

나는 고개를 갸우뚱거린다. 정말 세상엔 이해할 수 없는 것투성이다. 나는 막막한 심정이 되어 다시 하늘을 올려다본다. 머리를 짓누를 듯 잿빛하늘이 낮게 내려와 있다.

"인호 선배는 떨어졌다더라⋯⋯."

성현이 혼잣말을 하듯 가만히 중얼거린다.

"선배들 입시 끝나면 이제 곧 우리 차례겠지? 솔직히 좀 겁나. 어떻게 될지⋯⋯."

나는 입술 부위에 말라붙은 딱지를 뜯어낸다. 피가 터지는지 입술 부위가 시큰하다. 발부리에 떨어져 있던 낙엽이 소용돌이를 일으키듯 뱅글뱅글 돌다가 멀어진다. 성현이 걱정스러운 듯 내 얼굴을 들여다보며 묻는다.

"너 요즘 통 연습을 못하는 것 같던데⋯⋯. 어쩌려고 그래?"

나는 성현의 얼굴을 외면하듯 허공에 드리워진 앙상한 플라타너스 가지를 올려다보다가 한참 후에야 입을 연다.

"그만 집어치울까 싶다."

성현이 뜨악한 얼굴로 나를 쳐다본다.

"뭔 소리야?"

"지금까지 멋도 모르고 까불었다는 생각이 들어. 연지 선배를 생각하면 땅속으로 기어들어 가고 싶은 심정이야."

"야, 그래도 넌 우리 학교에서는 알아주는 실력파잖아. 네가 그러면 어떡해?"

"넌 안 그렇고?"

"그런가?"

성현과 나는 동시에 서로의 얼굴을 보며 웃는다. 그러더니 성현이 금세 시무룩해지며 혼잣말로 중얼거린다.

"어디 너만 그러겠냐. 그런 고민이야 우리 같은 사람들한테는 죽을 때까지 따라다닐걸."

성현이 몸을 일으키며 말한다.

"춥다, 가자!"

나는 성현을 따라 주춤거리며 자리에서 일어선다. 찬바람에 눈자위와 볼이 쓰라리다. 하늘에선 금방이라도 눈이 쏟아져 내릴 것만 같다.

엄마는 오늘도 집에 없다. 욕실에 들어가 교복을 세탁기에 집어넣고 돌아서니 거울 속에서 잔뜩 부풀어 오른 얼굴 하나가 나를 쳐다보고 있다. 안경테가 긋고 지나간 눈두덩에 붉은 핏물이 배어 있다. 피멍으로 푸르스름해진 입술 언저리가 두

툼하게 부어올랐다. 나는 거푸거푸 소리를 내며 세수를 한다. 쓰라린 상처를 피해 가며 수건으로 얼굴의 물기를 꾹꾹 찍어 낸다.

텅 빈 집이 더욱 쓸쓸하게 느껴진다. 라면을 끓여 식탁에 앉으니 그제야 엄마가 집 안으로 들어선다. 몹시 지친 얼굴이다. 옷을 갈아입자마자 급하게 안방 문을 나서던 엄마가 나를 보더니 깜짝 놀란 얼굴로 외친다.

"다쳤니? 얼굴이 왜 이래?"

"괜찮아. 좀 싸웠어."

엄마의 놀란 눈이 치켜 올라간다. 나는 부러 후루룩 소리를 내며 라면을 입 안으로 밀어 넣는다.

"아까는 왜 전화 안 받았어?"

엄마의 얼굴에 당황하는 빛이 역력하다.

"아, 그래? 가방에 넣어 놨더니 전화 온 줄 몰랐나 보다."

엄마는 허둥지둥 전화기를 끄집어내 화면을 들여다본다.

"대학 떨어진 게 내 탓인가? 나한테 화풀이하지 뭐야."

엄마가 망연히 나를 바라본다. 나는 아무렇지 않은 척 젓가락으로 김치를 뒤적거린다. 엄마의 눈두덩에 그늘이 짙게 내려앉아 있다. 나는 바닥에 가라앉은 라면 줄기를 젓가락으로 건져 내며 묻는다.

"아빠는 언제 와?"

그러자 엄마가 나를 외면하며 곧장 싱크대로 돌아선다.

"아빠한테 무슨 일 있는 거야?"

"일은 무슨 일……. 바쁜 일 끝나면 곧 오시겠지."

엄마는 등을 돌린 채 설거지통의 그릇을 집어 든다.

"지난번에 아빠는 왜 내가 일어나기도 전에 가 버렸어?"

"바쁘니까 그렇지."

"그래도 얼굴은 보고 가야지. 난 꿈에서 본 줄 알았지 뭐야."

엄마가 나를 돌아보며 희미하게 웃는다. 엄마는 괜스레 냉장고 문을 열었다 닫으며 다시 싱크대 앞으로 가서 밥통을 연다.

"밥 줄까? 말아 먹을래?"

나는 빈 그릇을 들고 자리에서 일어난다.

"아니, 다 먹었어."

나는 꺼억, 트림을 하며 심드렁한 목소리로 대답한다. 그러자 마음이 한결 놓이는 기분이 든다. 스멀스멀 엄습해 오는 불안감 따위야 아무것도 아니라는 생각이 든다. 우리의 삶은 여전히 변함없다는 것, 예전부터 그래왔던 것처럼 트림도 하고 방귀도 뀌는 일상이 앞으로도 변함없이 이어질 것임을 믿고 싶다.

어디에도 없는 불안

　토요일이었지만 서울에 올라가지 못했다. 준비 없이 레슨을 받을 수 있을 것 같지 않아서다. 슬럼프는 빠져나오려고 몸부림치면 칠수록 더 빠져드는 진흙구덩이 같다. 기벼워지는 방법은 뭘까. 차라리 실컷 놀자는 생각이 든다. 보란 듯이 아주 재미있게 노는 것, 놀다 지쳐 무엇인가를 하지 않으면 견딜 수 없어질 때까지, 급기야 후회가 발등을 찍을 때까지, 뮤즈의 신이 찾아와 회초리로 종아리를 칠 때까지 놀면서 버티는 거다.

　욱신거림이 가시지 않는 팔과 허리를 주무르며 얼굴에 연고를 바르고 있는데 성현에게서 전화가 왔다. 줄풍류 공연이 있으니 문화예술회관으로 오라는 거다. 나는 한달음에 공연장으로 달려간다. 놀기로 마음을 먹었으니 재미있게 놀아야지.

　가야금과 거문고, 해금 전공자들이 연합으로 짠 줄풍류 공연은 다채로웠다. 미주와 혜미를 비롯한 몇몇 현악 전공 친구들이 레슨 선생님과 명인들의 공연에 조연으로 참여했다. 우리는 다함께 모여 사진을 찍은 다음, 뒤풀이를 위해 예약해놓은 감자탕 집으로 몰려간다. 미주와 혜미는 화장기 짙은 입을 함지박만 하게 벌리며 웃어 댄다.

　새끼전공자인 우리는 통째로 빌리다시피 한 식당에서 방하나를 차지하고 마음껏 수다를 떤다. 옷차림, 표정, 화장기, 관객의 반응 등 뭐든지 입질에 오르면 예외가 아니다. 우리의 실력은 대회나 공연을 준비하는 동안 쑥쑥 자라기 마련이다. 그럼에도 채우지 못한 어설픈 실력이나 재능은 짙은 화장과 환한 무대 조명, 관객의 박수 소리에 묻히곤 한다. 어차피 무대에서 채우지 못한 재능에 대한 좌절과 절망은 앞으로도 죽 이어질 것이다. 무대 조명이 꺼지고 공연복을 벗으면 다시 일상으로 돌아가겠지만, 화장이 지워지지 않은 순간까지는 유보된 즐거움이 있다. 그러니 잊고 즐길 수밖에.

　우리는 뒤풀이 자리에서 각 분야의 명인들과 인사를 하며 안면을 넓힌다. 공연의 주연급인 그들은 우리가 모인 방으로 건너와 준비에 고생이 많았다며 술잔을 돌린다. 우리는 과장된 몸짓으로 손사래를 친다.

"저희들 술 못 마셔요."

우리는 서로의 얼굴을 돌아보며 눈을 찡긋한다.

"괜찮아, 받아. 술은 어른들 앞에서 배워야지."

우리는 못 이기는 척 몸을 비비 꼬며 술을 받는다.

모두의 앞에 술잔이 놓인 것을 확인한 명인이 술잔을 높이 쳐들며 외친다.

"지~ 화~ 자~!"

우리는 합창을 하듯 입을 모아 소리친다.

"조오~~~타!"

"얼~ 씨~ 구~!"

"조오~~~타!"

우리는 발갛게 달아오른 얼굴로 단숨에 술잔을 입에 털어넣는디.

나는 명인들의 말 하나, 행동 하나를 놓치지 않으며 전의 (戰意)를 다진다. 내게도 언젠가는 저런 기회가 올 것이다. 지금 우리는 명인들 앞에 눈동자도 함부로 굴릴 수 없는 새끼전공자에 불과하지만, 이 중 누군가는 명인의 반열에 오르게 될 것이다. 그 사람이 '나'여야 한다.

명인이 다른 방으로 건너간 뒤에도 우리는 술잔을 연거푸 기울이며 수다를 떤다. 몇 잔의 술에 취기가 금세 올라온다. 화장실에 다녀오기 위해 자리에서 일어선다. 다리가 후들거린다.

슬리퍼를 신고 무심코 걸음을 뗐을 때다. 유리 칸막이 주방 안쪽에서 설거지를 하고 있는 사람의 얼굴이 눈에 들어온다. 익숙한 얼굴이다. 누구지? 빨간 고무장갑을 낀 채 곁에 쌓인 빈 그릇을 부지런히 옮겨 담으며 설거지를 하고 있는 사람은, 뜻밖에도 엄마다!

나는 얼어붙은 듯 서서 엄마를 바라본다. 홀에서 수거해 온 그릇들이 주방 창구로 계속 밀려들어 간다. 잠깐의 해찰도 허락하지 않는 컨베이어 벨트 속 부품처럼 밀려드는 그릇을 쏟아 담으며 엄마는 분주히 손을 놀리고 있다.

"아줌마, 안 들려요? 여기 된장 하나 달라니까요!"

주방을 향해 외치는 여자의 앙칼진 소리에 엄마는 급하게 장갑을 벗고 선반 위의 된장을 종지에 옮겨 담는다. 나는 허겁지겁 여자의 뒤쪽으로 비켜선다.

"그렇게 느리적거리면 어떡해요? 사람 몰릴 때는 빠릿빠릿해야지! 정신없어 죽겠구만……."

여자는 잔뜩 인상을 찌푸린 채 엄마가 내미는 된장 종지를 낚아채고 종종거린다. 엄마는 다시 장갑을 끼고 설거지를 이어간다. 우울하게 가라앉은 엄마의 눈자위가 금방이라도 내려앉을 것만 같다.

"야, 여기서 뭐해?"

깜짝 놀라 고개를 돌려보니 성현이다.

"아니야!"

나는 다급하게 성현의 팔을 끌고 자리를 벗어난다.

그 길로 식당을 빠져나온다. 거리에는 강한 바람과 함께 눈보라가 몰아치고 있다. 차가운 바람에 모질게 뺨을 얻어맞은 기분이다. 눈물이 볼 위로 흘러내린다. 얼어붙은 도로는 쌓이기 시작한 눈으로 몹시 미끄럽다. 두서없이 밀려드는 생각들로 난마처럼 얽힌 머릿속이 금방이라도 터질 것만 같다.

얼마나 걸었을까. 팍팍한 다리를 두드리며 아파트 입구로 들어선다. 마침 엘리베이터 문이 열리며 다부진 체격의 남자 셋이 밖으로 걸어 나온다.

"벌써 몇 번째야! 번번이 허탕이니 원……!"

"아무래도 새벽에 다시 와야 할 모양이야."

나는 진한 담배냄새를 풍기며 지나가는 그들과 부딪힐세라 주춤 비켜선다. 버튼을 누르고 돌아서니 엘리베이터 사면 거울에는 만화경에 갇힌 내가 첩첩이 포개져 있다. 땡, 소리와 함께 엘리베이터에서 내리니 현관문 앞에 함부로 버려진 담배꽁초가 눈에 들어온다. 나는 발길질을 거듭해 담배꽁초를 계단참으로 밀어버린다.

이어 엄마가 쫓기는 사람처럼 들어선다. 현관에서 바짓가랑이의 얼음알갱이를 털어 내고 있던 나는 놀라 몸을 일으킨다. 엄마는 나를 앞질러 신발을 벗고 들어가더니 곧바로 싱크대 앞에 선다.

"늦어서 미안해. 배고프지? 밥 차려줄까?"

엄마는 눈바람을 맞아 흐트러진 머리칼을 추스르며 묻는다. 창백한 형광등 불빛을 머리에 인 엄마의 눈주름이 무겁게 처져 있다.

"엄마!"

울컥, 목울대가 떨린다. 엄마가 피곤한 눈빛으로 나를 돌아본다.

"왜?"

온몸이 떨려오기 시작한다. 판도라의 상자가 열릴 것 같은 두려움. 차라리 뚜껑을 대못으로 쾅쾅 박아 열리지 않게 만들고 싶다. 아빠가 다녀갔던 그 밤의 기억이 어둠속에 흐느적이는 유령 같다. 나는 움켜쥔 주먹으로 바들바들 떨고 있는 허벅지를 찍어 누른다.

"아니야."

나는 고개를 흔들며 돌아선다. 아니야, 아닐 거야!

월요일 아침. 학교에 가기 위해 막 집을 나서려던 순간, 현관에 발부터 밀어 넣는 사람이 있었다. 지난밤 엘리베이터에서 마주친 사내들이다. 신분증을 코앞에 들이대고서야 우리는 그들이 집행관이라는 사실을 알았다. 나이든 집행관이 정중하게 말한다.

"아침 일찍 죄송합니다. 몇 번이나 방문했지만 만날 수 없어서……."

말씨는 부드러웠지만 내용은 더없이 완강하다. 집행관의 말이 끝나기도 전에 이미 집 안으로 들어선 나머지 두 사람이 여기저기에 빨간 딱지를 붙이기 시작한다. 머리가 펑, 소리를 내며 터져버리는 것 같다.

"이러는 법이 어딨어요? 사람 사는 거 안 보여요?"

나는 집행관에게 달려든다. 욱신거리던 어깨와 팔의 고통이 전기처럼 짜르르 몸을 훑고 내려간다. 내 팔은 집행관에 의해 간단히 제압당한다. 냉장고와 텔레비전, 에어컨, 가죽 소파에 이어 오디오 앰프에도 빨간 딱지가 붙는다. 앰프는 아빠가 음악을 전공하는 나를 위해 특별히 맞춤 구입한 앰프다. 오디오 본체보다 더 비싼 앰프는 나의 보물 1호이자 음악에 대한 눈높이를 키워준 자존심의 상징이다.

씩씩거리고 있던 나는 잠시 한눈을 파는 집행관을 벽면으로 힘껏 밀어붙인 뒤, 방과 거실을 빠르게 오가는 남자들에게 달려든다. 하지만 이력이 붙은 장정들을 제압하기엔 역부족이다. 엄마와 나는 서로의 얼굴만 바라보다가 그대로 주저앉는다.

세상이 낯설다. 높고 푸르던 하늘, 온기와 수다로 가득했던 거리가 폭격이라도 맞은 듯 한순간에 잿빛으로 변해 있다. 왜? 왜? 왜……. 세상 모든 것들이 의문부호투성이다. 바람에 낙엽이 구르듯 나는 방향도 없이 걷는다. 길은 걸으면 걸을수록 더욱 모호해진다. 얼굴에 열꽃이 번지는데도 바람은 차가워 온몸을 움츠리게 된다. 걷다 보면 시내 어디쯤인 듯하고 천변 어디쯤이기도 하다. 골목골목을 헤집다가 길을 잃기도 한다. 인도인지 차도인지 분별없이 걷다 자동차에 치일 뻔한 적도 있다. 갈피를 잡을 수 없는 시간들이 가뭇없이 흘러간다.

눈 위에 송송 구멍을 뚫으며 비가 내리기도 한다. 비는 급강하된 추위 속에서 쉽게 얼어붙는다. 영하의 찬물에 머리를 처박기도 한다. 그럴 때마다 귓속에서 얼음장 깨지는 소리가 난다. 이대로 부서져 버렸으면 좋겠다. 함부로 불어제치는 바람 속에 나를 세워두고 싶다. 그렇게 허물어지다 보면 내 몸을 짓누르고 있던 불안과 강박도 나가떨어지지 않을까. 생각 따위 비집고 들어올 수 없게 진공 상태로 만들고 싶다.

까마득한 고층빌딩 옥상을 올려다보기도 한다. 난간에 서서 창공을 향해 두 팔을 벌리고 싶다. 무심히 푸른 하늘을 바라보다 눈물이 솟구치기도 한다. 흘러내리는 눈물의 정체를 알 수 없어 괴롭다.

얼굴 없고 표정 없는 사람들로 가득한 거리. 목도리나 코트 깃 속으로 잔뜩 고개를 처박고 걸어가는 그들은 사람으로 변신한 좀비처럼 보인다. 시도 때도 없이 출몰하여 내지르고, 다그치고, 핏대를 세우고, 물어뜯는 괴물들. 세상엔 이들이 물어뜯은 피가 강물처럼 흐르고 있다. 사람들의 눈물과 피가 멈추지 않는 것은 채워지지 않는 이들의 허기 때문일 것이다.

늦은 밤, 술집 모퉁이를 돌다가 긴 머리카락을 풀어헤친 여자와 부딪칠 뻔한 적도 있다. 여자는 노래방 앞에서 'OPEN SALE'이라는 명찰을 가슴에 붙인 채 스카이댄스를 추고 있다. 기형적으로 긴 팔다리를 늘어뜨린 풍선 모형의 여자는 바람의 세기에 따라 흐느적이며 지쳐 쓰러질 때까지 춤을 춘다. 여자가 딛고 선 땅바닥에는 명함 크기의 사진들이 어지럽게 흩어져 있다. 눈을 게슴츠레하게 뜬 명함 속의 여자들이 반라의 요염한 포즈로 밤거리의 남자들을 유혹한다. 풍선광고 뒤편에 박힌 네온사인이 빨갛고 노란 눈을 깜빡이며 여자의 춤을 물끄러미 바라보고 있다.

진눈깨비가 내리는 오후, 지나가는 차량을 향해 쉬지 않고 인사를 하는 아저씨를 만난다. 주유소를 배경으로 선 아저씨는 손님을 향해 연신 허리를 굽히며 호객 행위를 하고 있다. 우산도 쓰지 못한 채 차디찬 눈비를 고스란히 맞고 선 아저씨는 웃는 듯 우는 듯 종잡을 수 없는 표정으로 인사를 한다. 그는 자신의 심장에 장착된 기계장치를 들어내지 못하는 한, 허리가 고부라지는 노동에서 벗어나지 못할 것이다.

그는 언제쯤 자신의 집으로 돌아갈 수 있을까. 존경도 예의도 없이 반복되는 굽실거림의 대가로 얻은 몇 장의 지폐만이 가장(家長)임을 증명해 줄 것이다. 그의 노동만이 식구들이 등을 맞대고 잠들 수 있는 따뜻한 아랫목의 온기가 되어 줄 것이다. 쉼 없이 스카이댄스를 춰야 하는 풍선 모형 여자의 전생이 그렇듯, 허리가 끊어지는 고통에도 인사를 멈추지 못하는 로봇 아저씨의 전생을 알 수 없어 두렵다.

검은 옷을 입은 사람들이 유령처럼 흐느적이는 밤거리. 술에 취해 8차선 도로의 턱에 주저앉아 다 죽여 버리겠다고 삿대질을 하는 남자도 있다. 질주하는 차량들을 향해 고래고래 소리를 치던 남자는 급기야 머리를 움켜쥔 채 절규한다. 이 개새끼들아……. 희망도 명예도 없이 해고통지를 받고 회사를 나섰을지도 모를 남자의 그림자가 천 길 낭떠러지처럼 깊다.

밤 깊은 가게 앞 쓰레기 더미에서 폐지를 찾아내는 할머니도 있다. 쓰레기 더미 앞에서 걸음을 멈춘 할머니는 몸을 구부리고 쓰레기를 뒤적이기 시작한다. 오물이 가득 찬 쓰레기 봉지에 깊숙이 손을 밀어 넣는다. 안간힘을 다해 봉지 속에 든 알루미늄 캔 하나를 꺼낸다. 끙, 소리를 내며 몸을 일으킨 할머니가 가던 길을 간다. 손수레에 매달려 빙판길을 기어가는 비쩍 마른 할머니의 체구가 종이박스에 가려 보였다 안 보였다 한다.

숯불갈비집 창문으로 저녁을 먹는 단란한 가족의 모습에 정신을 판 적도 있다. 여자는 연신 갈비를 구워 내느라 바쁘고, 남자는 아이가 살점만 뜯고 놓아버린 뼈를 가져다 발라먹는다. 유리창 안쪽은 따뜻한 온수로 채워진 수족관처럼 밝다. 남자는 입가에 묻은 기름을 입술로 핥아 내는 아이를 사랑 가득한 눈빛으로 어루만진다.

그때는 몰랐다. 내가 배불리 먹은 것은 고기가 아니라 충만한 사랑이었다는 것을. 아빠의 쓰다듬는 눈길로 무럭무럭 자랐다는 것을. 그렇게 살아가는 우리를 누군가 힐끗거리며 유리창 밑에서 눈시울을 닦고 있었다는 것을.

도시 외곽의 강가를 걷는다. 행렬을 이룬 자전거 무리가 내 곁을 스쳐간다. 햇살과 바람을 피해 두건과 선글라스로 머리와 얼굴을 가린 그들은, 자전거 캠프에 참여했던 어린 시절을 떠올리게 한다.

아빠가 접이식 자전거를 자동차에 싣고 천릿길을 왕복하는 동안, 나는 수다를 떨다 잠이 들곤 했다. 나는 휴게소에서 아이스크림을 사 먹었고, 아빠는 졸음을 쫓기 위해 커피를 마셨다. 아빠는 잠이 든 내 머리통을 쓸어 내며 운전을 했고, 나는 아빠의 부드러운 손길을 받으며 요람에 든 아이처럼 편안하게 잘 잤다.

아빠는 내게 늘 그런 사람이었다. 하지만 나는 지금 아빠가 어떻게 지내는지 알지 못한다. 그저 아빠가 돌아올 날만 기다리고 있을 뿐이다.

우린 다시 일어설 수 있을까. 아빠가 돌아오면 다 해결될 수 있을까. 믿고 싶다. 아빠가 세상에서 제일 잘하는 일이 집 짓는 일이므로, 무너진 우리 집도 다시 일으켜 세울 수 있을 것이다.

15
가난이 자랑이냐?

"어? 왔어?"

찬바람을 맞으며 식당 입구에서 고기를 굽고 있던 성현이 나를 발견하고 눈을 동그랗게 뜬다. 눈과 입을 연실 벙긋거리며 반가운 기색을 감추지 못한다. 하지만 성현은 숯불 위에 놓인 석쇠에서 눈을 떼지 못한다. 기름이 숯불 위에 떨어질 때마다 불씨가 솟구쳐 오른다. 매운 연기에 고기를 구워내는 성현의 눈이 빨갛다.

"잠깐만 기다려. 곧 끝나."

성현은 익은 고기를 재빠르게 접시에 옮겨 담은 뒤 황급히 뛰어 들어간다. 주말 저녁이라 실내에는 손님들로 가득하다.

실내를 종종거리던 성현이 마침내 앞치마를 벗고 나온다.

뻣뻣하게 굳은 고개를 이리저리 돌리던 성현이 나와 눈이 마주치자 겸연쩍게 웃는다. 이 녀석을 보면 어쩐지 삶이 경건해지는 느낌이다.

"해외여행 갔었다며? 잘 갔다 왔어?"

나는 깜짝 놀란 눈으로 성현을 바라본다.

"아닌 거야? 애들은 다 그렇게 알고 있던데?"

나는 애매하게 고개를 끄덕인다. 내내 휴대폰을 꺼 놓은 탓이다.

"응, 그렇게…… 됐어."

우리는 좁은 골목 모퉁이를 빠져나와 번화가로 접어든다.

"애들이 요 근처에 모여 있대. 같이 가자. 오랜만에 얼굴도 보고."

성현이 내 팔을 잡아끈다. 나는 엉겁결에 떠밀리듯 성현을 따라 북적이는 사람들의 틈을 헤쳐 가며 빠르게 걷는다.

"좋겠다! 너는. 무슨 일이든 다 들어주는 아빠가 있어서……."

성현은 아빠가 내 마음을 가라앉혀 주기 위해 해외여행을 보내 줬다고 생각하는 모양이다. 하지만 부잣집 외동이, 그리고 아빠……. 이제 모두 과거가 된 말이다.

"우리 아빠 오래전에 돌아가셨거든. 그러니 어린 동생에겐 내가 아빠나 다름없어."

네온사인에 희끗희끗 비치는 눈발이 색색의 빛을 낸다. 어룽어룽 눈물이 번지는 느낌이다.

"동생이 어렸을 때는 마트에서 일하는 엄마가 오실 때까지 내가 돌봤지만 지금은 좀 컸어. 벌이가 대부분 내게 들어가는데도 엄마는 늘 미안해해. 나는 그게 더 미안해서 열심히 하게 되고. 알바는 이번 겨울까지만 할 거야. 3학년 되면 바빠질 테니까."

성현이 나를 돌아보며 씩 웃는다. 미소 때문인지 하얀 입김이 따스하게 느껴진다.

"어, 여기야."

우리가 호프집 문을 열고 들어서자 구석을 차지하고 있던 일행 속에서 승원이 번쩍 손을 추켜든다. 피리를 전공하는 경철과 상진, 타악의 대호, 핀소리의 승원, 가야금의 아름, 대금의 서연까지 여럿이다. 얼마나 마셨는지 얼굴이 모두 불콰해져 있다. 문을 열고 들어서는 순간부터 삐딱하게 노려보고 있던 서연이 나를 보더니 벌떡 일어선다. 술에 취한 서연의 얼굴이 벌겋다.

"누군 좋겠다! 일 생기면 해외로 숨겨 줄 든든한 백도 있고……."

서연은 나를 보며 혀 짧은 소리로 비아냥댄다. 나도 모르게 이마가 찌푸려진다. 서연에겐 연지 선배의 중재에도 풀리지 않은 앙금이 지금껏 남아 있는 모양이다. 기본도 없으면서 서울로 레슨만 옮기면 장땡인 줄 아느냐는 지적에 대한 분풀이다. 내처 무시했지만 나를 보는 눈은 여전히 좋지 않다.

"귀하신 분들은 언제나 막장이지. 나 같은 초짜는 초장에 왔으니 먼저 가 봐야겠다."

서연이 걸음을 떼려다 휘청, 넘어지고 만다. 내가 엉겁결에 팔을 뻗어 잡으려고 하자 서연이 거칠게 뿌리치며 소리친다.

"이제 적선까지 베푸시려고?"

내 얼굴이 순식간에 찬물을 뒤집어쓴 것처럼 딱딱하게 굳어진다.

"야, 친구 사이에 그렇게 심한 말을……."

경철과 성현이 서연의 몸을 부축하며 상황을 무마하려고 애쓴다. 그들에 의해 억지로 의자에 주저앉은 서연이 이번에는 맥주잔을 집어 던진다. 술잔은 내 귓불을 스치고 요란한 소리를 내며 바닥에 떨어진다. 내가 잔뜩 찌푸린 얼굴로 술잔을 노려보고 있는 동안, 성현은 달려온 종업원을 제지하며 깨진 유리조각을 줍는다.

"얘 더 이상 술 먹이면 안 되겠다. 누가 데려다줘야 하는 거 아냐?"

나는 서연의 얼굴을 외면한 채 가방에서 담배를 꺼내 문다. 한숨을 토해내듯 연기를 뱉고 있으려니 서연이 발악하듯 소리친다.

"이 새끼야, 담배 허락받고 피워. 너는 네가 얼마나 재수 없는 놈인지 알기나 해? 날마다 외제차로 출퇴근하시는 자랑스러운 아드님께서 남들 전공까지 싹쓸이해야 직성이 풀리겠던? 그런 놈이 내게 뭐라고? 네 실력으론 멀었으니 기본이나 잘하라고? 이 새끼야, 누구한테 훈계야? 내가 너 정도의 집안에서 태어났으면 너보다 더 잘할 수 있어, 이 개새끼야! 너처럼 서울까지 쫓아다니며 레슨비 낼 돈이 없어 이 모양으로 지방에서 빌빌대고 있으니 사람으로 안 보이냐? 맘만 먹으면 해외여행이야 식은 죽 먹듯 하는 네가 알면 뭘 안다고 주둥이 나불거리느냐고!"

이런, 씨발! 나는 욕지기를 뱉어 내며 벌떡 일어선다.

"뭘? 내가 뭘 어쩠다는 거냐고!"

눈에 보이는 것들 모두 쓸어 버리고 싶다. 세상을 깨부숴 버리고 싶다. 그러나 서연의 고개는 이미 탁자 위로 엎어진 뒤다.

"야, 참아라."

대호가 내 몸을 주저앉힌다. 성현이 서연의 몸을 일으켜 세운다.

"안 되겠다. 얘 택시 태워서 보내야겠다."

경철이 성현을 따라 같이 일어선다.

"뇌, 나 안 취했다고!"

경철과 성현의 손에 이끌려 나가던 서연이 발악을 하듯 외친다. 잔뜩 움츠린 채 서연이 문밖으로 사라지는 모습을 바라보고 있던 아름이 따라 일어선다.

"내가 서연이 데려다주고 들어갈게."

아름이 나를 보더니 목소리를 낮춘다.

"대신 사과할게. 3학년을 앞두고 불안해져서 그럴 거야. 말이 과하긴 했지만 틀린 건 아니잖아?"

넌 또 뭐야? 나는 또다시 발딱 일어서려다 대호의 제지를 받는다. 아름이 그런 나를 한참이나 노려보다가 술집을 빠져나간다.

한바탕 시끌벅적한 소동을 치른 데다 반이나 자리를 비워버리는 바람에 분위기가 영 어색해져 버린다. 그러자 상진이 소주잔을 들어 내게 권한다.

"야, 술이나 먹자. 뭐 서연이 저만 입시생이냐? 혼자 괴로운 척 똥폼 다 잡고 있네. 그건 그렇고, 어때? 여행은 잘 갔다 왔어? 어디로 갔어?"

나는 입술을 짓씹으며 앞에 놓인 잔을 들어 한입에 들이붓는다. 불길이 내려가는 것처럼 속이 후끈하다. 오징어 다리를 잘근잘근 씹고 있던 대호가 끼어든다.

"야, 그 말 나온 게 언젠데 지금까지 꽁하고 있었대? 하여

간 여자들은 놀라워."

대호의 말에 한동안 침묵을 지키고 있던 승원이 자신의 잔에 술을 따르며 말한다.

"나는 서연이 마음 이해해. 우리가 뭐 공부 잘하길 바라는 것도 아니잖아. 실기가 생명인 우리들한테 재능 없다는 식의 말은 사형선고야."

승원의 말이 떨어지자마자 대호가 냉큼 말을 받는다.

"야, 그 말은 나도 들어서 아는데, 그런 정도는 친구이자 같은 전공자끼리 나눌 수도 있는 충고 아니냐?"

그러자 승원의 목소리가 한층 높아진다.

"야, 이 새끼야! 충고는 본인이 원하지 않으면 하지 않는 게 예의야. 받아들일 마음의 준비가 안 된 상태에서 불시에 날아오는 게 칼날이지 충고냐?"

하긴……. 대호가 승원의 말에 고개를 끄덕인다. 나는 술잔을 들이켠 다음 탁, 소리가 나게 내려놓는다.

"그만해. 그만하라고!"

아이들이 내 눈치를 보며 힐끗거린다. 한동안 무거운 침묵이 이어진다. 인상을 찌푸리고 있던 승원이 다시 입을 연다.

"경철이는 대학 안 가고 바리스타 공부한다더라. 재능도 문제지만 취직 걱정을 안할 수가 없대."

"성현이도 그렇잖아. 엄마가 혼자 벌어 뒷바라지하는 눈치던데.”

상진이 한층 어두워진 얼굴로 중얼거린다. 그러자 대호가 씹고 있던 오징어를 뱉어 내며 소리를 높인다.

“왜 이렇게 사는 것이 다들 구질구질해? 가난뱅이 국악과라 그런가?”

“설마 국악과라 그러겠냐. 하여간 고3을 앞둔 우리들 마음이 하나같이 지옥 같다는 거지.”

말없이 연신 술잔만 들이키고 있던 나는 기어이 소리를 지르기 시작한다.

“그만하라고 새끼들아……! 가난이 자랑이냐? 자랑이냐고…….”

두 팔로 허공을 휘젓던 나는 탁자에 고개를 처박고 엎어진다. 술병과 그릇 들이 요란한 소리를 내며 바닥으로 떨어진다. 아, 이 새끼가 진짜……! 친구들의 말소리는 나의 뇌리에서 점차 멀어진다.

“아이쿠, 이런!”

엄마는 현관문이 열리자마자 자루처럼 무너지는 내 몸을 황급히 부축해 들인다. 늦은 밤까지 어둠 속에서 거실을 서성이고 있던 엄마의 얼굴은 초췌하다. 떼꾼한 눈으로 엄마를 치어다보던 나는 안간힘을 다해 소리친다.

"엄마, 바보야……? 왜 가만있는 건데? 응? 우리가 뭘 잘못했는데……."

코끝이 시큰해진 나는 말을 맺지 못하고 어린아이처럼 울기 시작한다. 술기운이 그동안 꽁꽁 묶어 놓았던 의식의 매듭을 헐겁게 풀어 버린 탓이다.

"우리가…… 뭘 잘못했냐고! 도대체 왜……."

나는 그대로 고꾸라져 버린다. 엄마가 나를 힘겹게 방으로 끌어들인다. 침대에 눕히고 이불을 목까지 끌어올려 꼼꼼하게 여며 준 다음, 물기어린 눈으로 나를 바라보다가 방을 나간다. 잦아드는 내 울음소리는 잠꼬대처럼 꿈속으로 이어진다. 도대체 왜…….

지독한 몸살이다. 손끝 하나 까딱할 수 없을 정도로 기운이 소진되어 버린 것 같다. 나는 오후의 햇살이 길게 가로지르는 거실에 앉아 있다. 햇살이 닿는 가구들에는 빨간 딱지만이 선명할 뿐, 거실은 텅 빈 정적 그대로다. 상황을 피해 달아난들 달라지는 건 아무 것도 없다는 사실이 새삼 가슴을 친다.

낙인찍힌 가구들과 살아가는 사람들 또한 낙인찍힌 인생과 다를 바 없다. 딱지가 붙은 냉장고에서 꺼내 먹는 물은 독물처럼 쓰고, 딱지가 붙은 옷장의 옷은 가시처럼 몸을 찔러댄다. 등을 대고 누운 방바닥마저 삐죽삐죽 솟구친 자갈땅처럼 편안하지 않다.

나는 부스스한 머리칼을 쓸어 올리며 창 곁으로 다가앉는다. 살금살금 다가온 햇살이 발목을 타고 기어오른다. 종아리가 간지럽다. 따뜻한 햇볕 속에 들어앉으니 그간 찬바람 속에 고드름처럼 버려져 있던 의식이 둥그렇게 녹아내리는 것 같다.

나는 오랜만에 대금 가방을 가져와 연다. 대금은 불길함이 미치지 않는 유일한 나만의 영역이다. 대금을 어루만지며 흘러가 버린 그동안의 시간을 한탄한다. 입술 부위는 부드러워졌지만 대금을 불지 않는다면 무슨 소용인가. 오랜만에 튜닝을 하고 있으려니 취구에 닿은 입술의 감촉이 한결 생생하게 살아나는 것을 느낀다. 진한 입맞춤이라도 나누고 싶어진다.

가만히 진양조 부분을 불어 본다. 떨린다. 떨림은 심장의 박동을 일으켜 몸 안에 열기를 더하듯 따뜻하고 고르게 퍼져 나간다. 따뜻한 햇살에 온몸을 맡기고 대금을 만지작거리고 있는 이 순간이 내게는 유일한 안식처인 듯싶다.

취구에 모아드는 바람과 지공의 흐름이 만나 이루는 성음. 대금이야말로 전생에 내가 미치도록 좋아했던 어떤 여자였는지도 모른다. 여인의 향기와 아름다움에 취해 자신의 모든 것을 걸었던 미치광이 남자처럼, 대금이 주는 최면에 인생을 걸고자 했던 나는 전생에 악사였을 것이다.

앞으로의 내 삶은 어떻게 될까. 밥벌이의 일상에 허덕이다가 어느 날 문득 생각났다는 듯 회한에 젖은 얼굴로 대금을 만져보게 될까. 이루지 못한 꿈을 가슴에 간직한 채로 생활인의 삶을 살아가게 될까……. 생각만 해도 칼날에 가슴이 베이는 느낌이다.

나는 입술을 단단히 취구에 갖다 붙이고 진양조부터 불기 시작한다. 애틋한 산조 가락이 내 속으로 가뭇없이 스며든다. 중모리를 거쳐 중중모리에 이르는 동안 내 몸은 가락과 하나가 되어 허공으로 흩어진다. 부는 사람은 없어지고 선율만 살아 넓은 거실을 채운다. 나는 눈을 지그시 감은 채 음악 속을 헤엄쳐 다닌다.

중중모리를 넘어서 자진모리로 올라 딛는 찰나, 현관 쪽에서 인기척이 느껴진다. 대금을 내려놓고 귀를 모은다. 초인종 소리가 난다. 어안렌즈에 눈을 붙이고 밖을 내다본다.

금샘이다. 금샘이 추위에 빨개진 얼굴로 서 있다. 망설인다. 가만히 있어 버릴까. 모른 체하고 있으면 초인종 두어 번 더 눌러 보다가 돌아갈지도 모른다. 아니다. 어쩌면 금샘은 내가 연주한 대금 소리를 들었는지도 모른다. 나는 가만히 현관문의 빗장을 푼다.

"역시, 너였구나!"

나를 발견한 금샘의 눈과 입이 크게 벌어진다. 금방이라도 껴안을 듯 반가운 얼굴이다. 나는 난감한 얼굴로 머뭇거린다.

"뭐해? 이대로 밖에 세워 둘 거야?"

하는 수 없이 비켜선다. 금샘이 앞장서 현관 안으로 들어온다. 거실로 들어선 금샘의 시선이 가구 여기저기에 붙어 있는 빨간 딱지에 멈춘다.

"뭐니?"

금샘이 외마디 소리를 지른다. 장식장으로 다가선 금샘이 아래쪽에 붙은 빨간 딱지를 들여다보더니 울음을 토해 내듯 부르짖는다.

"아…… 어떡해!"

울음을 머금은 금샘의 턱이 심하게 떨린다. 그러자 내 눈에서 왈칵 눈물이 쏟아진다. 한 번 쏟아지기 시작한 눈물은 좀체 그치지 않는다. 입에서는 급기야 꺽꺽 소리까지 비어져 나온다.

금샘은 연신 흘러내리는 눈물을 닦으며 묻는다.

"어떻게 될 것 같니?"

"모르겠어요……."

나는 고개를 젓는다. 정말이다. 내가 대답할 수 있는 것이라곤 아무것도 없다.

"학폭위 소집 날짜가 나왔어……. 학교에는 내가 잘 얘기해 볼게."

금샘은 내 손을 힘껏 쥐며 다독인다. 나는 금샘이 돌아서 나간 문을 바라보며 오래오래 서 있다.

나는 금샘의 눈물겨운 중재 노력에도 불구하고 징계를 피하지 못했다. 출석정지 일주일. 출구 없는 겨울이 암담하게 이어지고 있다.

16
그러니 나를 때려!

"소식 들었어."

무심코 현관문을 열었다가 놀라 까무러치는 줄 알았다. 은행잎처럼 노랗게 머리를 물들인 연지 선배가 쏘는 듯한 눈빛으로 나를 바라보고 있다.

"이야기 좀 하자."

나는 망연히 선 채 발갛게 언 귓불에서 달랑거리는 귀고리를 바라보고 있다.

"밖에서 기다릴게."

연지 선배는 내 반응 따위는 아무래도 상관없다는 듯 성큼성큼 계단을 내려간다. 둔탁한 부츠 소리가 통로를 가득 채운다. 선배가 섰던 자리엔 눈 녹은 물이 동그마니 고여 있다. 나는 현관 앞에 망연히 서 있다가 점퍼를 걸치고 집을 나선다.

연지 선배는 화단가에 서서 발끝으로 눈을 헤집고 있다. 우리는 말없이 아파트 입구를 빠져나와 근처의 초등학교로 간다. 교문을 들어서자 운동장을 휘돌아온 바람이 턱 언저리를 사정없이 휘갈기며 우리를 맞는다. 나는 연지 선배의 굳은 등허리를 힐끗거리며 미적미적 뒤따라간다. 교실 출입구를 따라 외길이 나 있을 뿐, 사방은 쌓인 눈으로 능선을 이루고 있다. 운동장 쪽 스탠드에 이르자 선배가 나를 향해 돌아선다.

"빚진 거 갚으러 왔어."

나는 의아한 눈으로 연지 선배를 쳐다본다.

"그때 난 때렸고, 넌 맞았잖아."

나는 선배의 눈길을 피해 시선을 내려뜨린다. 발부리에 묻은 눈이 오후의 햇살을 받아 유리조각처럼 반짝인다.

"게다가 너는 선배들한테 또 맞았어. 적어도 공정한 게임은 아니었지."

연지 선배는 내게 바짝 다가서며 소리친다.

"그러니 나를 때려!"

나는 엉거주춤 뒤로 물러선다. 그땐 제가……. 입이 얼어붙었는지 말소리가 새어 나오지 않는다.

"병신 같은 새끼!"

한동안 노려보고 섰던 연지 선배가 욕지기를 내뱉듯 소리 친다.

"좋아, 내가 대신 갚아 주지."

연지 선배가 내 뺨을 힘껏 후려친다. 순간 내 몸이 꺾이면 서 비칠 물러난다. 콧속이 시큰해진다 싶더니 금세 코피가 후 드득 쏟아진다. 연지 선배는 쏟아지는 코피에도 아랑곳하지 않고 또다시 얼굴을 향해 주먹을 뻗는다. 나는 맥없이 눈밭에 주저앉고 만다. 하얀 눈 위로 송송 구멍을 뚫으며 코피가 떨 어진다. 선배의 발길이 연달아 내 몸 위로 쏟아진다.

"네가 겨우 요것밖에 안 되는 인간이었어?"

연지 선배는 온힘을 다하여 내지른다. 입을 앙다문 채 이 리저리 뒤채는 동안, 눈과 옷 위로 코피가 죽죽 쏟아진다. 통 증은 느껴지지 않는다. 발길질 속에는 깊숙이 웅크리고 있던 내 안의 비굴과 유치와 어리석음 모두를 참혹하게 깨부수는 후련함이 있다.

"네가 이렇게 형편없는 놈인 줄 몰랐다, 이 개새끼야!"

고해성사로 체증이 씻겨 내려가는 기분이 이런 것일까. 오 래오래 기다려 왔던 경이로움에 몸을 떤다. 오물로 더럽혀진 몸에 퍼붓는 소나기처럼 청량감 같은 거다. 더한 채찍이어도 좋다. 온몸을 기꺼이 내맡기리라.

마침내 발길질이 멈춘다. 분이 안 풀린 듯 어깨를 들썩이며 한참을 노려보던 연지 선배가 손등으로 코피를 닦아내고 있는 내게 말한다.

"네가 이따위로 무너지다니 말이 되냐고⋯⋯."

연지 선배는 말끝을 맺지 못한 채 울먹이고 만다. 그러자 울컥 내 눈자위가 뜨거워진다. 눈물이 솟구칠 것만 같다. 조금씩 사위어가는 오후의 햇살. 소나무 이파리마다 바늘처럼 뻗어 내린 고드름만이 햇볕 속에서 뚝뚝 물방울을 떨어뜨리고 있을 뿐이다.

"나는 기다렸어. 내 예종 합격이 네 덕분이라고 말해 줄 그 순간을. 술과 폭력밖에 몰랐던 아빠 밑에서 오직 집을 떠나는 것만이 목표였던 내게 오기 본능을 일깨워 준 사람이 너였으니까."

코피는 좀처럼 멈추지 않는다. 연지 선배는 말을 멈추고 내게 다가와 왼손으로 뒤통수를 잡고 오른손으로 콧잔등을 꾹 누른다. 작고 여린 손에 실린 야무진 힘에 콧잔등이 얼얼하다. 눈을 감는다. 신기하게도 목으로 쿨쿨 넘어가던 피가 곧 멈춘다. 마침내 손을 뗀 연지 선배는 자신의 손에 묻은 피를 눈덩이에 문질러 씻어 낸다. 나는 입 안에 고인 피를 뱉어 낸다.

"너를 멋진 놈이라고 생각했어. 음악을 즐기고 사랑하는 모습이 너무나 보기 좋았으니까. 그랬는데 나는 너에게 고작

비웃음이나 받다니……."

그때부터라고 했다. 선배는 내게 자신이 어떤 사람인가를 보여 주고 싶다는 갈망에 시달렸다고 했다.

어떻게 하면 달라질 수 있을까 생각하고 또 생각했다. 마침내 지금까지의 삶을 버리기로 결심했다. 그것은 아빠의 폭력에서 벗어나기 위한 오랜 수순이기도 했다. 집을 나와 외할머니가 살던 시골집으로 갔다. 그곳은 외할머니가 치매로 요양병원에 입원한 뒤 빈집인 상태였다. 자취를 감춰 버리고 싶다는 마음이었으므로 잠적하는 기분이 들어 좋았다.

도착해서는 짐을 내려놓기가 바쁘게 마을 앞 강가로 내려갔다. 다리 밑에서 소리 연습을 시작했다. 판소리 완창에 도전했다. 독한 마음으로 시작한 연습은 하루 여덟 시간씩 이어졌다. 아침밥 먹고 두 시간, 점심 먹고 네 시간, 저녁 먹고 다시 두 시간. 〈춘향가〉뿐만 아니라 〈심청가〉, 〈흥부가〉까지 모든 사설을 다 익혔다. 그렇게 한 달이 흘렀다. 목이 터져 피가 넘어왔지만 성취감은 느껴지지 않았다. 무엇보다 소리가 마음에 들지 않았다. 무엇이 문제일까. 고민하고 또 고민했다.

인호 선배와 내가 연지 선배를 찾았을 때가 그 즈음이었다. 하지만 따라나설 수는 없었다. 제대로 한번 해보자고 독하게 마음을 다잡았을 때니까.

그러려면 제 소리가 어떤지 확인해야 했다. 자신의 연습을 녹취하기 시작했다. 그런 다음 명인의 연주파일과 비교했다. 두 개의 파일을 노트북에 띄우고 음파의 음역대를 비교하면서 강약과 높낮이를 연구하기 시작했다. 명인의 소리와 자신의 소리가 어떻게 다른지를, 소리의 취약한 부분이 어디인지를.

그렇게 점검한 부분을 다시 연습하고, 녹음하고, 또 점검했다. 명인의 음역과 같아질 때까지 수천 번을 되풀이했다. 힘차게 밀어붙이고, 애절하게 잡아끌면서, 우렁차고 굵게, 멋들어지게, 그렇게 피를 토하듯 연습을 거듭하며 다시 두 달을 보냈다. 사설을 외우는 데 걸린 시간보다 갑절의 시간을 보낸 것이다.

그제야 비로소 자신의 소리가 귀에 들어오는 느낌이 들었다. 생목으로만 내질렀던 그간의 소리가 아니라 비로소 소리꾼에 근접해 가고 있다는 확신이 들었다. 터질 것 같은 희열을 느끼며 짐을 쌌다.

학교로 돌아왔다. 향상음악회를 치른 바로 그날, 무대에 서서 객석에 앉은 나의 반응만을 살폈다. 나에게 선보이는 첫 무대였으니까. 점수는 중요하지 않았다. 나를 만족시킬 수만 있다면 목적은 달성되는 것이라고 생각했다.

하지만 만족하기에는 아직 일렀다. 예종. 나와의 접점은 바로 거기였으니까. 난계대회에서 수상했을 때도 마찬가지였다. 아직은 때가 아니라는 것. 그러니 예종 최종합격 소식을 듣고 가장 먼저 떠올린 사람은 당연히 나일 수밖에 없었다. 나에게 감사한다고 했다. 자신을 일으켜 세워준 사람이니까.

긴 이야기를 마친 선배의 얼굴은 평온했다. 혼신의 힘으로 목적지에 다다른 자의 회한 가득한 얼굴.

"다시 묻자. 지금의 너는 뭐냐? 내가 멋지다고 생각했던 그 자신만만함은 부모가 만들어 준 허상이었던 거냐? 그 안에 진짜 너는 없었던 거냐고!"

내 얼굴이 부끄러움으로 확 달아오른다.

"난 아빠의 무자비한 폭력도 견뎌냈어. 그런 내가 네가 준 그 수치심 하나를 이기지 못하다니…… 우습지?"

연지 선배가 내게 손을 건넨다. 나는 못 이기는 척 선배의 손을 잡는다. 차가운 눈덩이에 씻겨 발갛게 달아올라 있던 선배의 손이 따뜻하다. 연지 선배는 얼어붙은 얼굴을 일그러뜨리며 웃는다. 깨끗하고 가지런한 이가 불그스름한 입술 사이로 하얗게 드러나는, 내 오랜 기다림의 미소다.

연지 선배는 화두를 남기고 떠난다. '나는 누구냐.' 지금껏 부모가 만들어 준 허상 때문에 자신만만할 수 있었던 내 실체. 그러기에 부모의 위기 한 방에 무너지고야 마는 지금의 나. 연지 선배는 자신의 힘으로 굳게 섰다. 모든 걸 다 가진 줄

로만 알던 내가 깔아뭉갠 선배는 저 혼자의 힘으로 일어선 것이다. 그러면 나는?

다시 진양조

벽면에 설치된 대형 빔 프로젝트 화면 속에서는 축구 경기가 한창이다. 댄스음악이 요란하게 실내를 흔드는 호프집. 사람들은 화면을 힐끗거리며 술을 마신다. 밤이 깊어갈수록 소음은 높아진다. 허리에 검정 앞치마를 두른 알바생들이 테이블마다 들어찬 손님들 사이를 헤집으며 분주하게 종종거리고 있다.

주문 벨은 쉴 새 없이 울린다. 네! 네! 홀 곳곳에서 서빙을 하던 검정 앞치마들이 일제히 벽에 찍힌 테이블 번호를 확인하며 합창하듯 목청을 돋운다. 음악과 취객들의 목소리가 어지럽게 뒤섞이는 바람에 주문조차도 귀를 세워야만 알아들을 수가 있다.

나는 손가락을 벌려 500CC 맥주잔 여섯 개를 양손의 검지와 중지, 약지에 하나씩 낀다. 여덟 개를 한꺼번에 나른 적도 있다. 한 걸음이라도 줄이는 게 중요하다. 한번은 만보기를 허리에 차보기도 했다. 하룻밤에 10만 걸음이 찍혔다. 1미터에 세 걸음만 잡아도 한밤중에 도시의 끝과 끝을 두 번이나 왕복하는 거리다.

이렇듯 지친 몸으로 종종거려야 하는 술집 알바생들에게 손님이란 그저 술에 굶주린 취객일 뿐이다. 1초라도 빠르게 술을 대령하는 일, 손님들이 원하는 것은 그것뿐이다. 게다가 지금은 상시 거주하던 매니저 대신 사장님이 근무 중이다. 사장님은 넓은 홀을 오가며 손님들을 살피고 있지만, 눈은 어김없이 알바생들의 일거수일투족으로 향해 있다.

나는 주문한 맥주와 안주 접시를 손님의 탁자에 내려놓는다. 순간, 옆 탁자에 앉아 고개를 꺾고 있던 여자 하나가 벌떡 일어나 뛰쳐나간다. 그러나 여자는 몇 걸음도 떼지 못한 채 바닥에 주저앉아 고개를 처박는다. 흐억, 흐억, 소리와 함께 여자의 입에서 토사물이 쏟아져 나온다. 그러자 옆에 앉아 있던 손님들이 날카로운 비명을 내지르며 자리를 박차고 일어난다.

나는 황급히 다용도실로 달려가 쓰레받기를 가져온다. 손으로 토사물을 쓰레받기에 담아낸다. 사장님이 양동이와 대걸레를 찾아와 내민다. 동행한 남자가 비틀거리는 여자를 부축해 밖으로 나간다. 여자의 몸이 남자의 어깨에 매달린 채 질질 끌려 나간다. 다른 알바생이 대걸레로 바닥을 닦아내는 동안, 나는 양동이를 화장실로 가져가 변기에 쏟아붓는다. 그제야 울렁거림이 속을 치밀고 올라온다. 입 안을 찬물로 헹궈 낸다.

비누거품으로 손을 박박 문지르다 가만히 손가락을 만져 본다. 나는 누구보다 가늘고 긴 손가락을 가졌다. 그러기에 대금의 지공을 짚으며 살아갈 운명이라고 생각했다. 대금 연주의 쓰임 외에는 어떤 일에도 어울릴 것 같지 않던 손, 이런 손가락으로 평생 맥주잔이나 나르며 살 것인가.

손을 닦고 돌아서는데 사장님이 화장실로 들어온다.

"애썼다. 늦었으니 택시 타고 가거라."

사장님은 뒷주머니에서 지갑을 빼더니 만 원짜리 두 장을 건넨다. 나는 망설이다가 돈을 받아든다.

사장님이 돈을 준 것은 이번이 처음은 아니다. 보름 전쯤에도 파마 비용에 보태라며 돈을 건넨 적이 있다.

"넌 파마머리가 잘 어울리더라."

내가 사양을 하자 목소리를 낮춰 속삭이듯 말을 이었다.

"미성년자 고용했다는 사실이 드러나면 내가 힘들게 돼. 그러니 내 말대로 해."

애초에 사장님을 속인 것은 나였는데 이미 알고 있었던 거다.

자정이 넘은 시간. 거리에 비가 내리고 있다. 드문드문 지나가는 자동차들이 거센 물보라를 달고 지나쳐간다. 봄비치곤 제법 굵은 빗줄기다. 피곤한데다 비까지 내리치는 오늘 같은 날, 예기치 않은 돈도 생겼으니 택시를 탈까 하다가 그냥 걷기로 한다. 함부로 쓸 수 없는 돈이다.

걸어가는 동안 생각도 발길을 따라 흘러간다. 나는 왜 하필이면 소음이 난무한 곳에서 일을 하고 있나. 소음에 귀는 무뎌졌고, 음악은 내게서 더 멀어졌다. 자학하듯 몸을 부리고 있다는 생각이 든다. 집에 들어서자마자 나락으로 떨어지듯 잠에 드는 것, 내가 바라는 것은 그것뿐이다.

그런데도 잠자리에 누워 있으면 '너는 누구냐?' '진짜 너는 어디에 있는 거냐?'라고 물었던 연지 선배의 말이 맴돌곤 했다. 그럴 때마다 '나의 중심'에 대해 생각했다. '주체적으로 선다는 것'의 의미를. 그럼에도 좀처럼 명료해지지 않았다. 그러는 동안 나는 3학년이 되었다.

그동안 많은 일이 나를 밀치고 지나갔다. 학교 징계가 끝나기도 전에 집과 가구는 경매로 넘어갔다. 우리는 다세대 주택 반지하 월세를 얻어 이사했고, 서울로 레슨을 가는 대신 알바를 시작했다.

엄마와 나는 빨간 딱지가 붙은 물건들이 모조리 실려 나가는 것을 속수무책으로 바라보았다. 내가 태어나기도 전부터 살았던 집이었다. 안방 출입문 벽에 층층이 새겨진 금을 다시 볼 수 없다는 사실이 가슴을 쳤다. 아빠가 어린 나를 벽에 세워놓고 키를 재느라 그어 놓은 선이었다. 한 생명이 태어나 목숨의 키를 늘려나갔던 기록이 누군가에겐 그저 지워내야 할 낙서에 불과하다니…….

한밤중 쏟아지는 눈발에 환호성을 지르며 눈사람을 만들던 주차장에도 그때처럼 눈이 쌓여 있었다. 슈퍼맨 놀이를 하다 피투성이가 된 턱을 일곱 바늘이나 꿰매게 했던 조경석도 그대로였다. 글라이더를 날리다 가지에 걸려 찢어지게 했던 모과나무, 아빠가 매미를 잡아주던 은행나무도 그대로였다.

나는 그들이 드리워 주는 그늘에서 땀을 훔쳐 가며 팽이를 쳤다. 그들은 어린 내가 명명한 '슈퍼맨 시대'를 지나 '글라이더 시대'를 건너 '팽이 시대'가 지나가는 것을 지켜본 증인들이었다. 엄마와 나는 주차장에 선 채 이들을 둘러본 다음, 마지막으로 12층 아파트를 올려다보는 것으로 옛집과의 작별을 고했다.

새로 이사 간 반지하 셋방은 햇빛이 들지 않아 무덤 같았다. 집으로 들어설 때마다 땅속으로 추락하는 듯한 두려움을 이기기 어려웠다. 방 안에 누워 있으면 관 속에 들어 있는 것 같았다. 학교에 가면 쏟아지는 잠을 참기 힘들었다. 친구들과 선생님의 눈을 마주치지 않는 방법은 책상에 엎드리는 것이었다. 내 삶이 어떻게 전개될지 알 수 없었다. 꿈도 희망도 없는 일상 속에서 나는 점점 침몰하고 있었다.

그러나 친구들은 열심히 노래했고 연주했고 두드렸다. 붉은 잇몸을 드러내며 혈기왕성하게 웃고 떠드는 그들의 봄은 눈부셨다. 개나리가 참새 부리처럼 노란 촉을 내밀고, 목련이 순백의 하얀 꽃봉오리를 피워 올렸다. 세상이 가로등 불빛을 켜놓은 듯 환해졌다. 하지만 그들의 봄은 나와는 무관한 것이었다.

"야, 일어니."

누군가 내 어깨를 툭 친다. 고개를 드니 성현과 지유가 나를 내려다보고 있다. 잠에 빠져 있었나 보다.

"왜?"

"매점 가자!"

성현이 히죽 웃는다. 나는 못이기는 척 주춤주춤 따라나선다. 지유가 빵과 초코우유를 사고 성현은 아이스크림을 산다. 우리는 북적이는 매점 안에서 빠져나와 화단 가장자리에 앉는다. 바람 한 점 없이 화창한 봄날이다.

"먹자."

나는 빵을 베어 물며 둘을 돌아본다.

"안 먹어?"

그러자 지유가 싱긋 웃으며 성현을 쳐다본다. 성현도 웃는다.

"왜 그래?"

나는 무심코 입 주변을 손바닥으로 쓸어낸다. 성현이 지유를 향해 고갯짓을 한다. 지유가 싱긋 웃으며 입을 연다.

"〈예향제〉 오디션 공고 났어."

몰아넣은 빵이 목에 걸렸는지 컥, 소리를 낸다.

"공연 날짜도 잡혔더라. 부문별로 곧 오디션이 시작될 거야."

나는 황급히 초코우유를 집어 든다.

"그래서?"

아무렇지 않은 척 목소리를 가다듬지만 떨림을 감추지는 못한다. 성현이 대답한다.

"네가 연습을 너무 안 하고 있는 것 같아 걱정이 돼서 지유랑 얘기했어."

"뭔 얘기?"

"이번 독주는 네가 했으면 좋겠다고."

지유가 대신 말한다. 가슴에 파랑이 인다. 나는 얼굴의 표정을 가리듯 초코우유를 쳐들고 마신다.

"나는 창극 주인공에 도전해볼 생각이고, 지유는 현악합주 오디션에 나갈 생각이야."

오디션은 독주뿐만 아니라 가야금 병창, 현악 합주, 창극, 모둠북과 사물놀이, 관현악과 민요 등 팀으로도 선발할 예정이라고 한다. 성현이 주워섬기는 그 많은 것들이 내게는 스쳐가는 바람으로 느껴진다. 사람에게 두 귀가 있는 까닭은 한쪽으로 들어온 말을 다른 쪽으로 빠져나가도록 하기 위해서겠지.

나는 다 마신 우윳곽을 손으로 일그러뜨리며 자리에서 일어선다. 그러자 성현이 재빨리 나를 붙잡는다.

"오디션에 나갈 거야 말 거야?"

나는 심드렁하게 대답한다.

"대금을 손에서 놓은 지가 언젠데……."

"너 아니면 독주할 사람이 어딨어?"

"뭔 소리야? 해금도 있고 거문고, 아쟁, 피리……. 없으면 2학년에서 찾든가."

나는 무심한 얼굴로 돌아선다. 지유의 날카로운 목소리가 귀에 꽂힌다.

"김준우, 너 진짜 실망이다!"

나는 뒤돌아보지 않는다. 오히려 그들에게서 도망치듯 걸어간다. 하지만 이미 발목에는 덫이 채워져 버렸다. 덫은 무거운 쇠사슬처럼 덜그럭 소리를 내며 계속 나를 따라온다.

교내 종합축제인 〈예향제〉는 시내 종합문화예술회관 대공연장을 빌려 시민들에게 예비전공자들의 끼와 열정을 아낌없이 선보이는 예술고 최고의 축제다. 객석만 1,000석이 넘는 문화예술회관 대공연장의 무대는 지역 공연문화의 자부심을 상징하는 공간으로 예술인이라면 누구나 서 보고 싶어 하는 곳이다.

그곳에서의 공연이라니! 게다가 독주는 〈예향제〉의 꽃이 아닌가. 내내 간직해왔던 내 오랜 꿈. 무대에서 독주는 모든 시선의 중심에 선다는 뜻이다. 내가 우주의 중심이 된다는 것. 모두 나를 바라보고 있다는 짜릿한 느낌은 그 무엇과도 바꿀 수 없는 희열이다. 무대에 설 때가 가장 행복하다고 느끼는 내게는 더욱 그렇다.

하지만 나는 예전의 일상에서 너무 멀리 떠나와 버렸다. 다시 돌아갈 수 있기나 한 일인가. 지금껏 버려두었으면서 감히 독주를 꿈꾸다니. 나는 고개를 흔들어 부질없는 상념을 쫓아낸다.

오디션 날짜가 다가오고 있다. 알바를 하면서도 주문을 놓치기 일쑤다. 조바심은 점점 더 커진다. 머리가 터질 듯 아프다. 놓치고 싶지 않다. 그 자리를 꿰차고 싶은 나의 욕망이 비

루하게 느껴진다. 하루에도 몇 번씩 온탕과 냉탕을 오가는 느
낌이다.

연지 선배의 말을 떠올린다. '나'는 누구인가? 내가 원하는
삶이란 어떤 흔들림이나 외부의 시련에도 굴하지 않고 내 길
을 가는 것? 어떤 의사결정에도 '나'를 중심에 두는 것? 그것
은 내가 하고 싶은 대로 한다는 뜻인가? 마음이 가는 대로 결
정하되, 죽을힘을 다해 노력하면 된다? 이런저런 질문이 뇌리
에 맴돌아 머릿속을 어지럽힌다. 연지 선배는 대학에 잘 다니
고 있을까? 예종은 정작 내가 가고 싶은 학교였는데 이제는
멀어진 꿈에 불과하다는 생각이 든다.

토요일 밤이다. 개업 1주년 기념으로 사장님이 알바생들에
게 한턱을 쏜다. 업무가 끝난 뒤 우리는 치킨과 맥주를 원 없
이 먹는다. 정리를 마치고 가게를 나서자 부옇게 날이 밝아오
고 있다. 집에 들어서자마자 뻗어 버린다.

얼마나 잠들었던 걸까. 휴대폰 소리에 잠이 깬다. 귀찮다.
울리다 말겠지. 하지만 휴대폰은 지치지 않고 울어댄다. 끊어
지고 다시 울리기를 수차례. 뜻밖에도 연지 선배다.

"자니?"

"아, 아니에요!"

나는 화들짝 놀라 용수철처럼 튕겨 일어난다.

"내일부터 〈예향제〉 오디션 시작한다던데……. 알고 있
니?"

나는 아무런 대답도 하지 못한다.

"왜 대답이 없어?"

"……."

"못난 새끼! 하나도 달라진 게 없어."

연지 선배는 씹어뱉듯이 내지른다. 견딜 수 없는 침묵이
한동안 이어진다.

"〈예향제〉 때 내려갈 테니 그날 보자……. 무대에서!"

연지 선배가 전화를 끊는다. 무대에서! 선배의 말이 가슴
을 스윽 베고 지나간다. 환청처럼 계속 머릿속을 맴돈다. 무
대에서! 선배의 말은 점점 부풀어 오른다. 무대에서 보자고!

그러자 〈예향제〉 무대야말로 연지 선배에게 '나'를 보여
줄 기회라는 생각이 든다. 그것이야말로 선배가 원하던 일 아
닌가. 선배를 기쁘게 하고 싶다! 나는 벌떡 일어나 옷을 갈아
입기 시작한다.

학교 연습실로 달려간다. 일요일인데도 많은 아이들이 오
디션 준비를 위해 연습을 하고 있다. 현악은 현악대로, 타악
은 타악대로, 민요와 성악 등 연습실마다 악기들이 내지르는
소리로 넘쳐난다. 지금껏 멀게만 느껴졌던 축제가 비로소 실
감난다.

성현은 온몸을 쥐어짜듯 〈춘향가〉 한 대목을 연습하고 있다가 나를 보자마자 두 팔을 번쩍 추켜올린다. 해금 줄을 고르고 있던 지유도 벌떡 일어선다. 나는 고개를 끄덕인다. 성현과 지유가 환하게 웃는다. 나는 연습실에 들어가 문을 잠근다.

대금 가방을 연다. 실로 오랜만에 모습을 드러내는 대금의 날씬한 몸체를 두 손으로 쓸어내린다. 손가락 끝의 감촉이 생생하게 살아난다. 가슴 속에서 촉촉한 물기가 돈다.

입술이 오랜만에 만난 대금을 허겁지겁 받아들인다. 얼마나 굶주렸던가. 취구에 입술을 대고 숨을 불어넣으니 입술이 취구에 빨려 들어가는 느낌이다. 진양조에서부터 시작된 산조 가락이 중모리를 거쳐 중중모리를 넘고 자진머리로 넘어가는 동안 몰아치는 숨에 심장이 멎을 듯하다. 이토록 그리워했던 시간이라니. 대금을 떼어놓고 어찌 살 생각을 했을까. 눈앞이 흐릿해진다. 좋아하는 일을 하는 게 이토록 살 떨리는 행복이면서도 가슴 아린 기쁨임을 어찌 말로 다할 수 있을까.

나는 연습실에서 밤을 새워 대금을 분다. 불어도 불어도 질리지 않는다. 그동안에 쌓인 회한과 갈등을 한밤 내 풀어내는 느낌이다. 오랜 열정과 그리움이 가슴 속으로 녹아든다.

새벽녘에서야 고꾸라져 잠이 들었나 보다. 화장실에서 세수를 마치고 교실로 들어가자, 오디션 이야기로 시끌벅적하다. 웅성거리고 있던 아이들이 나를 보자 우르르 다가온다.

"너, 오디션 본다며? 사실이야?"

나는 고개를 끄덕인다. 그러자 미주가 몸을 홱 돌리더니 퉁명스럽게 교실 문을 열고 나가버린다.

"미주는 자신이 독주할 거라는 꿈에 부풀어 있던데……."

나는 대답하지 않는다. 오랫동안 연습을 못해서 자신 없기는 나도 마찬가지다. 해금을 전공하는 미주는 겨울방학 내내 서울을 오가며 꾸준히 연습을 해왔기 때문에 실력도 엄청 늘었을 것이다. 하지만 길고 짧은 것은 대봐야 아는 법.

시간이 되자 우리는 부문별 오디션 장소로 흩어진다. 독주는 1층 연습실이다. 새로이 국악과 학과장을 맡게 된 금샘이 나를 보더니 멀리서 알은체를 한다. 금샘이 눈으로 말한다.

'꼭 붙어야 해! 알았지?'

어깨에 힘이 실리는 게 느껴진다. 선배들 눈치를 보느라 1학년은 찾아볼 수 없고 2학년만 3학년들 속에 드문드문 섞여 있다. 그들은 겸연쩍은 얼굴로 서서 비굴한 웃음을 흘린다.

도전자는 대금 세 명, 해금 세 명, 피리 두 명, 아쟁 한 명, 거문고 두 명까지 모두 합쳐 열한 명이다. 심사위원은 가야금 전공인 금샘을 비롯해 국악 작곡 2학년 담임, 피리 전공 1학년 담임, 그리고 관현악 외래강사들이다. 우리는 번호표를 뽑아 순번을 정한다. 마침내 시작을 알리는 종소리와 함께 오디션이 시작된다.

우리들은 평소 향상음악회나 우수자 발표회를 통해 개개인의 실력을 어느 정도 알고 있다. 하지만 오늘의 오디션은 등수대로 상을 주는 대회가 아니다. 관현악을 통틀어 한 사람만 뽑는다. 해금의 미주도, 아쟁의 한솔도 서울에서 레슨을 받는데다 지난겨울 내내 맘먹고 독주를 준비해 온 애들이니 내가 알던 2학년 때의 실력은 아닐 것이다.

게다가 나는 대금을 놓은 지가 너무 오래되었다. '하루라도 책을 읽지 않으면 입에 가시가 돋는다.'라는 말도 있지 않은가. 하루라도 취구에서 입술을 떼는 날이 없어야 '대금주자'라 할 것이다.

그 생각을 하니 어깨에 힘이 죽 빠진다. 부끄럽다. 오디션 참여는 그냥 욕심이라 치자. 하지만 독주까지 넘본다는 건 너무 지나치지 않니. 그러지 언지 선배의 말이 들리는 듯하다. '뭔 소리야? 무대에서 보자니까!' 나도 모르게 대금을 쥔 손에 힘을 준다.

마침내 내 차례가 된다. 입술이 자연스럽게 대금을 끌어당기며 부드럽게 풀어진다. 연주 내내 눈을 뜨지 않는다. 오직 내 연주만을 음미한다. 간밤 내 풀어 놓았던 오랜 열정을 다시 확인한다. 연주는 곧 끝난다. 아쉬움이 없는 것은 아니지만 하루 연습에 완벽한 연주를 기대할 수는 없다. 나는 대금을 들고 오디션장을 빠져나온다.

하지만 시간이 되어도 발표는 이루어지지 않는다. 나는 알바 시간이 다 되어 학교를 빠져나온다. 댄스 음악이 귀청을 울려대는 호프집에서도 내 귀에는 대금 선율이 따라다닌다. 나는 잡념을 물리치기 위해 혼자 중얼거린다. 오디션은 끝났다고, 결과는 하늘에 맡길 뿐이라고, 욕심을 비우니 마음이 가뿐해졌다고.

하지만 여전히 일이 손에 잡히지 않는다. 화장실 변기 위에 앉아 휴대폰을 열어 보기도 한다. 성현에게도 지유에게도 아무런 소식이 없다. 기다리다 못해 성현에게 전화를 한다.

"어떻게 됐어? 나 떨어진 거야?"

성현은 길게 한숨을 내쉰다.

"아직 발표 안했어……."

그랬구나. 내가 고개를 끄덕이며 전화를 끊으려 하자 성현의 목소리가 다급하게 따라붙는다.

"그 이유가 뭔지 알아?"

나는 다시 휴대폰을 귀에 바짝 갖다 댄다.

"너 때문인 것 같아."

"뭐라고?"

누군가 머리를 몽둥이로 세게 치는 것 같다.

"2학년 샘이 그러시는데 결과대로 결재가 안 나서 교장 선생님을 설득하느라 시간이 걸린다는 거야."

"그게 왜 나 때문이라는 거야?"

"야, 새끼야. 네가 지난번에 학교폭력으로 징계 받았잖냐. 예향제는 우리들끼리만 하는 교내 행사가 아니라 시민들을 대상으로 하는 공연이니까 문제지. 교장 선생님은 독주가 '학교의 얼굴'인데 학교폭력에 연루된 학생을 무대에 올릴 수 없다는 논리를 펼치고 계신 거고."

아……! 내 입에서 무거운 탄식이 흘러나온다.

"그래서?"

"금샘이 심사위원들의 평가표를 근거로 설득하고 계셔. 금샘의 논리는 이거야. 예술고라면 시민들에게 뛰어난 실력의 연주를 보여 주는 것이 학교의 자존심 아니냐는 거지. 아무튼 고집불통 교장 선생님을 설득하고 계시는 금샘의 열정도 알아줘야 해."

"그랬구나……."

"미주가 알면 금샘을 잡아먹으려고 할 거야. 그러니 아무 소리도 못하고 기다리고 있는 거지."

"그럼, 넌 어떻게 됐어?"

"빨리도 물어본다."

"나야 그렇다 쳐도 넌 충분하지 않냐?"

"몰라, 새끼야. 안 알랴줌."

성현이 전화 속에서 헤헤거리며 웃는다.

"이 몸 주인공으로 등극하셨다. 됐냐? 앞으로 잘 모셔!"

"그렇게 좋은 소식을 빨리 알려 주면 어디 덧나냐 새끼야?"

"김 빼버리면 재미없잖아. 히힛~"

성현이 다시 웃는다.

"어떤 작품으로 하는데?"

"〈심청가〉"

"그러면 네가 심봉사 역을 맡는 거네? 심청은 누구야?"

"주은이."

나는 킥, 소리를 내며 주절거린다.

"걔, 심청이 우는 연기한답시고 내내 징징댈 텐데……. 어떻게 들어 주냐?"

"지금은 좋아서 죽어. 그나저나 오늘 안으로 결재가 나려는지 모르겠다. 나오면 알려줄 테니 너는 일이나 잘해."

전화를 끊고 나니 몸 안에서 기운이 다 빠져나간 듯 허탈해진다. 그러자 또다시 연지 선배의 말소리가 귀를 때린다. '무대에서!' 미련과 욕심을 빼면 아무것도 아닌 나를 한탄한다. 그간의 무심에 대해 책망한대도 할 말 없다. 그런데도 포기할 수 없는 이 열망을 어떻게 해야 좋을지 모르겠다.

다음 날 아침, 조회가 끝나자마자 금샘이 나를 진학실로 데려간다. 진학실은 여전히 분주하다. 금샘과 함께 파티션 뒤쪽으로 돌아서는 순간, 무용과 정샘이 내 어깨를 툭 건드리며 말한다.

"하여간 네 놈은 종잡을 수가 없어."

나는 주뼛거리며 금샘과 마주앉는다. 금샘이 차분해진 눈으로 내게 묻는다.

"너, 대금 진짜로 하고 싶은 거니?"

나는 금샘이 무슨 말을 하려는지 알 수가 없어 두렵다.

"대답해 봐."

나는 고개를 숙인다.

"내 능력으론 징계를 막을 수 없었어. 대금을 포기한 게 내 탓인 것 같아 괴로웠고."

내 고개는 더욱 수그러든다. 두더지로 변해 버렸으면 좋겠다. 땅 속으로 들어가 버리게.

"이번 독주는 너를 일으켜 세울 수 있는 좋은 기회라고 생각했어. 마침 심사위원 선생님들의 점수도 좋았고."

금샘은 말을 멈춘 채 지긋한 눈빛으로 나를 쳐다본다. 눈빛이 따뜻한 봄볕처럼 부드럽다.

"아침에 결재가 났어. 생각해 보겠다고 미루시더니……."

나는 고개를 들고 금샘을 쳐다본다.

"미주와 공동독주 형태로 결정이 됐어. 네가 먼저 대금으로 고전적 분위기를 살리면, 미주는 해금 창작곡으로 현대음악과 결합된 퓨전으로 갈 거야. 어때 괜찮지?"

"네! 좋아요!"

나는 부르짖는다. 고집불통 교장 선생님과의 타협으로 이루어 낸 빛나는 결론이다.

"열심히 할게요."

금샘의 눈동자가 물기를 머금은 구슬처럼 반짝인다. 입구쪽 의자에 앉아 있던 무용과 정샘이 환한 얼굴로 나오는 나를 보고 말한다.

"이 자식, 이제 좀 살 만하냐?"

나는 정샘의 장난기어린 말을 뒤로하고 진학실을 뛰쳐나온다. 복도 끝 유리창으로 아침 해가 환하게 비쳐들고 있다. 나는 둥근 해를 가슴에 안고 힘껏 복도를 달려간다.

무대는 내 우주

호흡을 가다듬고 대금을 집어 든다. 눈을 가만 감았다 뜨며 대금을 쓰다듬는다. 나는 혼잣말로 중얼거린다.

'대금아, 나를 도와줘! 끝까지 함께해 줘. 다시는 널 배신하지 않을게.'

미주는 준비기간 내내 연습실 끝방에 틀어박혀 좀처럼 얼굴을 내보이지 않는다. 무척 신경을 쓰는 눈치다. 장르가 다르긴 하지만 실력이 비교될 것을 걱정하는 것이다. 나 또한 자유로운 것은 아니지만 신경 쓰지 않기로 했다. 경쟁상대는 오직 나 자신뿐이니까.

신문사에서 기자들이 다녀간다. 우리의 연습 장면을 세세하게 취재한 뒤 마지막으로 창극의 주인공들과 독주자들의 소감을 묻는다. 주은이 어린 심청답게 볼에 잔뜩 바람을 불어 넣은 채 어리광부리듯 말한다.

"엄마, 젖 먹고 싶어요!"

그러자 성현이 머리 위에 하트를 그리며 말한다.

"저는 세상의 모든 맹인들에게 사랑을!"

미주가 애교스럽게 해금을 추켜든다.

"저는 세상에서 가장 아름다운 해금 소리를 들려줄 거예요."

나는 대금을 품에 꼭 껴안은 채 엄숙한 얼굴로 말한다.

"저는 우리 전통이 '케케묵은' 것이 아니라 '켜켜이 묵힌' 것임을 증명해 드리겠습니다."

내 말이 끝나자마자 아이들은 와르르 웃음을 터트린다.

신문이 학교로 배달된다. 문화면 기사로 한 중심을 차지하고 있다. 나는 신문을 가져가 엄마에게 보여 준다.

우리 지역 어린 국악인들의 향연이 펼쳐진다. 예술고등학교 정기공연인 이번 〈예향제〉는 정악 합주로 서막을 연 다음 가야금 병창이 이어진다. 공연의 꽃인 독주 코너에서는 대금의 김준우 군과 해금의 홍미주 양이 전통음악의 고전적인 분위기와 현대음악의 세련된 분위기를 물씬 풍기며 봄밤을 아름답게 수놓는다. 이번 공연을 축하하기 위해 특별 초빙된 안숙선 명창이 〈춘향가〉 중 '어사또 출두하는 장면'을 열연하여 자리를 빛낸다. 또한 거문고와 가야금이 모인 현악 합주 공연이 이어진다. 창극 〈심청가〉에서는 주성현 군과 이주은 양이 심봉사와 심청 역을 맡아 열연한다. 모둠북과 사물놀이, 그리고 관현악 합주에서는 국악을 전공한 모든 학생들이 참여한다. 신디, 소리꾼 등이 총출동해 관객의 어깨춤을 불러일으키는 장대한 피날레가 될 전망이다.

신문에 난 내 프로필 사진을 한참동안 들여다보던 엄마의 눈가가 촉촉이 젖어든다. 아빠를 생각하고 있는 거다. 아빠는 내가 대금을 멀리해 왔던 순간들을 안다면 몹시 슬퍼했을 거다. 호통을 치셨겠지. 아빠는 어떻게 지내고 게신 걸까? 내가 독주를 하게 됐다는 사실을 알면 무척 기뻐하실 텐데.

공연 날이 가까워 올수록 학교의 공기는 점점 달아오른다. 여기저기서 삑삑거리는 악기 소리와 장단, 창극 대사 외우는 소리로 넘쳐난다. 개인별로 또는 팀별로 연습하다가 정악 합주와 관현악 합주 시간이 되면 여지없이 합주실로 모여든다. 단체연습에 군기가 바짝 들었다. 시간에 늦거나 개별적인 행동은 어겨서는 안 되는 불문율이다.

나는 정악 합주와 관현악 합주에서 소금(小笒)을 맡았다.

합주의 꽃은 역시 소금이다. 소금은 맑고 투명한 소리로 좌중을 사로잡는 특징을 지녔다. 왼쪽 가장자리인 내 자리 앞에 마이크가 배치됐다. 아이들은 지휘 선생님에게 집중하며 바짝 긴장하는 눈치다. 틀린 음으로 도드라질까 봐 야무지게 입매를 모은다.

주말 오후, 연지 선배가 학교에 나타난다. 성현과 함께 연습실 문을 열고 들어선 선배는, 나를 향해 어색한 듯 살짝 미소 짓는다. 연습을 하고 있던 나는 깜짝 놀라 삑사리를 내고 만다. 옅은 화장기에 하늘거리는 시폰 치마를 입은 연지 선배는 긴 머리칼을 어깨 아래까지 풀어내려 한층 성숙해 보인다. 성현이 웃으며 말한다.

"너 연습하는 거 보고 싶다고 해서 왔어."

내가 얼굴을 붉히며 대금을 내려놓자 연지 선배가 계속하라는 신호를 보낸다. 나는 마지못해 계속 연습을 이어간다. 심장이 쿵쾅거려 음이 자꾸 끊어진다. 겨우 연주를 마치고 대금을 내려놓는데 깊은 곳에서 한숨이 새어 나온다.

"많이 좋아졌네."

연지 선배는 구석에 놓인 방석을 잡아당긴 다음, 곧바로 장구채를 집어 든다. 장구를 무릎 앞으로 끌어당기고 등을 곧추세우니, 좁짱한 체구가 방석 안으로 쏘옥 들어간다.

"나랑 한번 맞춰 보자."

연지 선배는 딱, 소리와 함께 시작을 알린다. 나는 숨을 깊이 들이마셨다가 천천히 내뱉으며 연주를 시작한다. 연지 선배 앞에서 대금을 부는 것은 1,000여 명의 관객 앞에서 부는 것만큼이나 떨리는 일이다. 저렇게 장단부터 치고 들어오는데 막아낼 도리가 없다.

1년 전만 해도 상상할 수 없었던 일이 지금 벌어지고 있다. 그동안 나는 누구든 내 실력을 부러워할 거라고만 생각했지, 내가 누군가에게 끌려갈 거라고 생각해본 적은 없다. 하지만 이게 뭔가. 나도 능력 있는 선배에게 인정받고 싶다는 건가.

"그만!"

무심한 얼굴로 장단을 이어가던 선배는 딱, 변죽을 치며 장구를 밀어내 버린다. 왜? 가슴에 머장구름이 낀다. 연지 선배가 인상을 찌푸린 채 고개를 흔든다.

"너무 예뻐. 네 소리는 그게 단점이야."

뭐라는 거야? 나는 영문을 모르겠다는 듯 연지 선배를 바라본다.

"소리를 만들어 내지 말고 끝까지 밀어붙이라고!"

"그러면 내가 기교를 부린다는 거예요?"

내 목소리가 날카롭게 솟구친다. 얼굴이 후끈 달아오른다.

"차라리 기교를 부리는 게 나아. 그건 고칠 수 있으니까.

하지만 그게 아니라면 고치기는 쉽지 않지."

예쁜 것이 단점이라니. 기교를 부리는 게 더 낫다니. 도대체 무슨 말을 하고 싶은 건가. 점점 미궁으로 빠져드는 기분이다.

"그럼 나더러 어쩌라는 거예요?"

연지 선배는 내 얼굴이 굳어지는 것을 알아차리고는 어색하게 자리를 털며 일어선다.

"모르면 어쩔 수 없지. 차차 알아가는 수밖에⋯⋯."

조급해진다. 이대로 가 버리면 영영 무언가를 놓치고 말 것 같다는 느낌이 든다. 꾸역꾸역 밀려드는 욕지기를 참을 수 없어 기어이 내뱉고 만다.

"대학 가면 그런 식의 말장난부터 배우는 모양이죠?"

내 비아냥이 연지 선배의 뒷덜미를 잡아챈 모양이다. 선배는 일어서다 말고 텅 빈 눈빛으로 돌아본다. 나는 주먹을 쥐고 앉아 울화가 풀리지 않는 얼굴로 씩씩대고 있다. 한참 동안의 침묵이 이어진다. 이윽고 연지 선배가 입을 연다.

"꼭 알고 싶니?"

나는 대답하지 않는다.

"나가자. 바람 좀 쐬게."

우리는 운동장이 내려다보이는 스탠드에 나란히 앉는다. 해질 무렵 운동장을 돌고 온 바람이 연지 선배의 치마를 가붓이 건들고 지나간다. 작년 이맘때 비를 맞으며 공을 찼던 기억이 고스란히 되살아난다. 내가 득점할 수 있도록 공을 밀어준 인호 선배는 어떻게 지내고 있을까. 대학에 떨어졌다는데…….

연지 선배는 한참 동안 앞을 바라보고 있다가 이윽고 입을 연다.

"네 대금 소리가 좋았어. 들을 때마다 아름다운 비단자락이 너울거리는 느낌이었거든. 그런데 이상하지……. 눈을 떠보면 사라지고 없는 거야. 왜 그럴까. 그때는 몰랐어. 옹이가 없어서 무늬가 없다는 거."

옹이가 없으니 무늬가 없다? 내 머릿속은 여전히 미궁 속을 헤매고 있을 뿐이다. 나는 불만스럽게 내뱉는다.

"뭔 소리예요?"

그러자 연지 선배가 무연한 눈빛으로 나를 돌아본다.

"그동안 힘들어하는 너를 지켜보면서 참 다행이라고 생각했어."

대학생의 머릿속은 고등학생이 죽었다 깨나도 이해할 수 없는 세계가 있는 모양이다. 힘들어하는 나를 보며 다행이라고 생각했다니……. 잔인하긴!

한 무리의 새떼가 끼룩거리며 운동장을 가로질러 날아간다. 연지 선배는 차츰 멀어지는 새떼를 한동안 올려다보다가 조용히 말을 잇는다.

"난 상처 없는 영혼을 믿지 않아. 상처 없는 영혼이 만들어 내는 예술도 믿지 않고."

갈수록 태산이군. 언제까지 말장난을 계속할 건가?

"하지만 모든 상처가 다 무늬가 되는 건 아니야. 나도 마찬가지였고. 성난 짐승처럼 아무에게나 으르렁거리며 대들었으니까. 그렇게 생목, 떡목으로 질러 대는 소리가 어찌 소리였겠니?"

연지 선배의 목소리가 한결 낮아진다. 그러자 양쪽 귀가 곤두서는 느낌이다.

"우리 아빠 알코올중독자야. 술을 마시고 들어올 때마다 나를 때렸어. 문제는 그렇게 죽도록 때린 뒤에는 꼭 나를 부둥켜안고 울었다는 거야. 나는 아빠의 눈물을 어떻게 받아들여야 할지 몰라 혼란스러웠어. 눈을 까뒤집고 미친 듯이 딸을 두들겨 패던 남자는 사라지고, 아내를 죽게 만든 죄책감으로 서럽게 우는 남자가 흘리는 눈물을……."

지난겨울, 화단에 서 있는 소나무 잎에 바늘처럼 돋아 있던 고드름. 햇살에 고드름이 녹아 떨구어 내던 물방울이 어쩌면 소나무의 눈물이었는지도 모른다는 생각이 든다. 독야청청 용감하게 서 있던 소나무도 남몰래 눈물을 흘리는 거다.

"너에게 당하고 나니 비로소 정신이 들더라. 고통마저 나를 포장하는 장식으로 삼았구나 싶었지. 그러자 고통이 내게 무언가를 말하고 싶어 한다는 것을 느꼈어. 고통에 귀 기울여 주고 싶다고 생각했어. 고통이 온전히 제 목소리로 말할 수 있게. 스스로 길을 찾아가도록.”

그 뒤부터는 안에서 솟구치는 어떤 힘이 자신을 끌어갔다고 했다. 그래서 결행한 게 가출. 엄마의 죽음보다 아빠에 대한 증오를 달리 표현할 수 있는 방법이 없었으니까. 오직 증오만이 자신을 견디게 하는 화약고였으니까. 그곳에 불씨만 던져 주면 제 스스로 활활 타올랐으니까. 자신의 소리가 뜨거워지는 것이 바로 그 순간이라는 것을 알았으니까.

“너의 예쁜 연주를 듣고 있으면 유리로 긋고 싶어. 피가 철철 흐르도록 상처를 내 주고 싶어. 그곳에 굳은살이 차오르도록.”

어느덧 바람이 서늘해졌다.

“이제 아빠의 술주정도, 폭력도 무거워진 구름에서 빗방울이 떨어지는 것처럼 볼 수 있게 됐어. 풍경을 바라보듯 담담하게. 아빠라는 인간에 대해 연민도 생겼고. 그건 내가 아빠를 떠났기 때문일 거야. 요즘 아빠의 모습이 급격히 늘어버린 것 같아. 아빠에겐 터질 것 같은 그 무언가를 받아 줄 사람이 아무도 없는 거잖아. 요즘 아빠는 나를 자랑스러워해. 내게 예의를 지키려 노력하고. 사실은 그게 더 쓸쓸한데…….”

운동장으로 스멀스멀 어둠이 밀려오고 있다. 연지 선배가 나를 돌아보며 말한다.

"고통이 네 음악을 깊게 해 줄 거라고 말한 건 그런 뜻이야."

연지 선배가 내게 손을 내민다.

"함께하지 않을래?"

연지 선배의 손은 작고 따뜻했다. 그러나 단단한 손이었다. 쉽게 부서지지 않을 손. 연지 선배는 저 손으로 자신 앞에 놓인 가시덤불을 헤쳐 왔고 앞으로도 씩씩하게 나아가게 될 것이다.

"입문의 자격이 생겼다는 뜻이야. 그러니 독주 때까지 하고 싶은 대로 끝까지 밀어붙여 봐. 네가 가진 온 힘으로, 열정을 다해서. 알았지?"

파이팅~ 연지 선배는 엄지를 추켜 보이며 뒤돌아선다. 작고 좁은 등이 태산처럼 넓어 보인다. 단단한 산등성이 하나가 점점 멀어지더니 마침내 어둠 속으로 자취를 감춘다. 내 가슴 속으로 뜨거운 기운이 해일처럼 밀려온다. 나는 연습실을 향해 전속력으로 내달리기 시작한다.

갖가지 색깔로 피는 꽃

마침내 공연 날이다. 아침부터 정신없이 바쁘다. 우리는 선생님들과 함께 지난밤에 준비해 놓은 방송 기자재와 수십 개의 공연 의자, 보면대와 악기를 차에 실어 예술회관으로 나른다. 여자애들은 짐 나르는 일에는 관심도 없이 화장하는 데에만 정신이 팔려 있다. 성차별하지 말라며 떠들어 대는 남자애들의 말에는 콧방귀만 뀔 뿐 들은 척도 안한다.

무료초대권은 일찌감치 동이 났다. 일반 시민들뿐만 아니라 크고 작은 국악동호회 회원들의 단체 관람 요청이 줄을 이었기 때문이다. 그 소식은 우리를 더욱 긴장하게 만들었다. 일거수일투족이 그들의 입에 올라 두고두고 이야기될 터이다. 게다가 나는 독주 아닌가! 이런저런 대금동호회에 나간

초대권만 해도 수십 장이다.

　우리가 방송 기자재를 세팅하고 기능을 테스트하는 동안, 선생님들은 무대 천장에 현수막을 달고 조명과 무대 등을 꼼꼼하게 확인한다. 방송실에서는 무대 양쪽 화면에 나타날 영상과 프로그램 설명, 출연진 이름이 적힌 자막까지 꼼꼼하게 점검한다.

　오전이 정신없이 지나간다. 오후에는 리허설이 있다. 첫 프로그램인 정악 합주를 하기 위해 홍주의(紅紬衣)에 복두(幞頭)를 쓰고 정해진 자리에 앉으니 어전(御殿)에 든 궁중악사가 된 느낌이다. 거대한 산맥을 무대배경으로 아쟁과 해금이 줄을 맞춰 앉는다. 좌우로 나누어 피리와 대금이 배치된다. 오른쪽 가장자리에 장구와 박이 놓이고, 소금을 맡은 나는 왼쪽 구석에 앉는다. 드디어 진짜 공연을 하는구나, 실감이 난다.

　가야금 병창과 현악 합주에 이어 독주 리허설을 위해 무대에 오른다. 장단자만 대동하는 독주무대가 너무 넓다. 막막하기 이를 데 없어 겁이 난다. 나를 중심으로 오른쪽에는 장구 장단의 성현이, 왼쪽에는 대호가 징을 치기 위해 앉는다. 나는 대여점에서 빌린 공연복으로 갈아입었다. 비단으로 아름답게 디자인된 환한 귤색의 두루마기에 보랏빛으로 허리 문양을 수놓은 무대복이다. 모든 시선을 사로잡을 만큼 화려한 복장이다.

무대는 넓을수록 좋다. 내 꿈은 카네기홀까지 뻗어 나가는 것이니까. 독주 리허설을 마치고 걸어 나왔을 때는 허탈하기까지 하다. 미주는 짙은 화장을 한 채 가슴골이 깊이 파인 보라색 드레스를 입었다. 한 걸음 한 걸음 움직일 때마다 갖가지 색깔의 스팽글이 반짝반짝 빛을 내는 화려한 드레스다.

마지막 프로그램인 신민요와 관현악 합주에 이르기까지 우리는 연습에서는 잡아내지 못했던 세세한 부분까지 꼼꼼하게 수정해 가며 완벽하게 리허설을 마친다.

이른 저녁을 먹는다. 공연만 남겨둔 셈이다. 이제 남자애들도 모두 화장을 한다. 일찌감치 치장을 마친 서연이 내 얼굴에 화장을 해 준답시고 떡칠을 해놓는다. 내가 으으으, 소리 지르자 꼼짝 말라며 등짝을 때린다. 곁에 붙어 선 아이들도 객석 양쪽에 실치된 화면을 가리키며 '네 얼굴이 대분짝만하게 나올 텐데 뭔 엄살이냐'고 이죽거린다. 나는 말 잘 듣는 유치원생처럼 꼼짝없이 앉아 화장이 끝나기를 기다린다.

"독주 스포트라이트를 받을 사람이 대충 해선 안 되지."

서연이 혼잣말로 중얼거리며 조심조심 입술을 그린다. 서연의 입김이 코끝을 간질거려 금방이라도 재채기가 나올 것 같지만 겨우겨우 참아 낸다. 서연이 혼잣말처럼 중얼거린다.

"몰랐어. 미안해."

"머?"

나는 입술을 움직이지 못하고 눈만 동그랗게 뜬 채 혀 짧은 소리로 되묻는다.

"화장 잘 받는다고!"

서연이 큭, 소리를 내며 등짝을 또 때린다. 무대에 서기도 전에 내 등짝이 사라질 판이다.

시간이 점점 다가오고 있다. 무대 뒤에 널브러져 서로의 어깨에 기댄 채 눈을 감고 있던 아이들의 눈빛이 긴장으로 꼿꼿해진다. 마침내 객석의 불이 꺼지고 막이 오른다.

무대 오른쪽에 등장한 승원의 집박을 시작으로 우리는 지휘자의 손길에 따라 정악 합주를 시작한다. 순수관악 합주곡으로 궁중의례와 연회에 주로 사용되었던 〈수제천〉은 수명이 하늘처럼 영원하기를 기원하는 음악답게 장중하게 울려퍼진다.

나의 소금 연주는 앞에 놓인 마이크를 통해 객석 구석구석으로 경쾌하게 퍼져나간다. 호로록호로록 새가 지저귀듯, 구슬이 옥쟁반을 구르듯 맑은 음색이다. 지공을 짚어가는 손가락이 날렵하게 움직이는 동안 짜릿한 쾌감이 온몸으로 번져간다. 평소 서툰 동작으로 피리의 지공을 짚어 가던 상진의 얼굴이 붉게 상기된 채 열심이고, 사납게 후배들을 닦달하던 아름의 모습도, 수업 시간마다 졸던 기영의 모습도 간 곳이 없다. 오늘은 모두가 주인공이다. 한껏 달아오른 얼굴로 연주에 심혈을 기울인다.

정악 합주가 끝나자 가야금 병창에 현악 합주와 삼도사물놀이가 숨 돌릴 겨를도 없이 이어진다. 관객들이 앉은 채로 저마다 어깨춤을 추기 시작한다. 무대의 열기는 점점 뜨거워지고 있다. 안숙선 명창이 등장하여 〈춘향가〉의 '어사또 출두하는 장면'을 열연하자 객석의 황홀은 정점을 향해 치닫는다.

나는 커튼 뒤에 서서 초조한 마음으로 차례를 기다린다. 대금 독주가 점점 가까워지고 있다. 얼굴은 상기되고 가슴은 한없이 뛴다. 산조를 변주곡으로 꾸민 시나위를 준비해 오는 동안, 나는 연지 선배가 했던 말만 생각했다.

"끝까지 밀어붙여!"

"너의 모든 열정을 다해서!"

아마도 불이 꺼진 저 어둠의 객석 어딘가에서 연지 신배가 나를 지켜보고 있을 것이다. 나는 1,000여 명의 관객보다 단 한 사람, 연지 선배의 마음에 드는 연주를 하고 싶다. 예쁜 소리가 아닌 나만의 연주. 지난 몇 달 동안 겪어 왔던 고난이 의미 없이 나를 소진시킨 게 아니라는 것을 상기시켜 주고 싶다. 나는 차례를 기다리며 숨을 크게 들이마셨다가 길게 내쉰다.

마침내 내 차례가 된다. 은은한 달빛 속에서 한두 점의 구름이 유유하게 흘러가는 무대로 배경이 바뀐다. 나는 계자(鷄子)난간으로 꾸민 누각의 중앙에 앉고, 징과 장구를 맡은 성현과 대호가 양쪽에 앉았다. 누각이 달빛 속에서 미끄러지듯 무대 중앙을 향해 이동한다. 누각이 멈춰 서자 동그란 조명이 중심에 앉은 나를 비춘다. 눈앞에 칠흑의 바다가 펼쳐진다. 검은 물결이 난간 아래에까지 밀려와 있는 듯싶다. 침 삼키는 소리도 들리지 않는, 막막하기 이를 데 없는 어둠이다.

연주자들에겐 침묵의 순간이 가장 두렵다. 자신에게만 온 이목을 집중시킨 채 기다리고 있는 관객들의 눈빛 속에서, 연주자는 무대라는 우주에 남겨진 미아처럼 두렵고 막막하다. 그 막막한 허공을 채울 수 있는 것은 오직 자신의 음악뿐, 침묵을 침묵답게 대접해 주는 방식은 오직 제대로 된 연주뿐이다. 극도의 긴장 속에서 오감으로 파고드는 것은 관객과의 교감. 그리하여 연주자에게 오직 하나의 화두만 남는다. 침묵이라는 허공에 어떤 수를 놓을 것인지. 천변만화의 바늘을 따라 어떤 무늬를 그려 낼지. 물론 예측할 수는 없다. 오직 혼신의 연주만이 나를 데려갈 뿐……

나는 대금을 입술에 갖다 댄다. 가슴 안쪽으로부터 끌어모은 김을 서서히 취구에 토해 내기 시작한다. 선율은 공연장의 어둠을 가만가만 밀어내다가 당기고, 조이다 풀어헤친다. 입김이 모여 산들바람이 되고, 구름과 구름을 모아온 바람이 점점 뜨거워져 이내 폭풍우로 바뀐다. 하늘과 땅을 쩌억 쩍 갈라내며 위세를 떨치던 바람이 마침내 천둥을 동반하여 세상을 집어삼킬 듯 휘몰아친다. 마침내 두두두두, 땅을 갈아엎던 장대비가 그치고 먹장구름이 차츰 옅어지더니 가붓한 깃털구름으로 바뀌어 간다. 부드러워진 바람의 손길을 받으며 둥근 달이 구름 사이로 해맑게 모습을 드러낸다.

나는 숨을 그러모은 채 가만히 대금에서 입술을 뗀다. 이윽고 박수 소리가 쏟아진다. 누각이 무대 왼쪽으로 서서히 이동해 모습을 감출 때까지 박수 소리는 멈추지 않는다.

연주를 끝내고 누각에서 내려오자 금샘이 엄지손가락을 추켜든다.

"오, 잘했어!"

그러자 놀랍도록 차가웠던 의식이 풀리면서 몸이 붕 떠오른다. 비로소 끝났다는 실감이 든다. 나는 상기된 얼굴로 금샘과 하이파이브를 한다. 무대 뒤편에서 서성거리고 있던 상진이 내게 다가와 속삭인다.

"야, 진짜 부럽다! 나는 몇천 번 연습해도 안 되는 네 재능이!"

친구에게 들을 수 있는 최고의 찬사다. 하지만 내 눈은 연지 선배를 찾아 바쁘게 두리번거린다. 어디 있을까. 그러자 꽃다발을 들고 출입구에 서 있던 연지 선배가 웃으며 다가온다. 가슴이 쿵쾅거린다.

"잘했어. 최고의 연주였어!"

선배가 내게 꽃다발을 내민다. 이렇게 커다란 장미다발은 받아본 적이 없다. 황홀하다. 나는 향기를 음미하듯 지그시 눈을 감고 꽃다발에 얼굴을 파묻는다.

순간, 연지 선배가 내 손을 잡아끈다. 나는 공연복을 갈아입지 못한 채 객석으로 끌려간다. 창극이 막 시작되려는 중이다. 우리는 객석 출입구 계단에 주저앉는다. 선배의 손가락이 내 손아귀 안에서 꼼지락거릴 때마다 가슴이 뛴다.

'심청이 밥 빌러 가는 장면'으로 시작된 〈심청가〉는 초반부터 관객의 눈물을 찍어 낸다. 진양조로 애절하게 연기하는 주은과 성현의 연습을 몇 번이나 봐왔던 나로서도 시큰한 감동에 젖는다. 뺑덕어미 역을 맡은 은비의 천연덕스러운 연기는 시종 관객들의 웃음을 자아낸다. 마지막 하이라이트인 '심봉사 눈뜨는 장면'은 압권 중의 압권이다.

청이라니! 내 딸이라니! 아니 내 딸이라니! 내가 죽어 수궁천지를 들어왔느냐 내가 지금 꿈을 꾸느냐 이것 참말이냐 죽고 없는 내 딸 심청 여기가 어디라고 살아오다니 웬말인고! 내 딸이면 어디 보자! 아이고 갑갑하여라! 내가 눈이 있어야 내 딸을 보제! 아이고 갑갑하여라. 어디 내 딸이면 좀 보자!
눈을 끔적 끔적끔적 끔적끔적 끔적끔적 끔적끔적 끔적

끔적 끔적이허더니만은 그저 두 눈을 번쩍 딱! 떴던가
보더라.

마침내 눈을 뜬 심봉사! 성현은 관객의 가슴을 한꺼번에
열어젖힌 듯 후련한 목소리로 마감한다. 관객들의 박수가 쏟
아진다. 우리는 객석을 빠져나와 다시 무대 뒤쪽으로 뛰어간
다. 무대 인사를 마치고 나오는 성현에게 엄지손가락을 추켜
올리며 외친다.

"오, 심봉사 췩오!"

성현이 땀에 젖은 얼굴로 환하게 웃는다.

사물놀이와 관현악 협주, 신민요가 이어진다. 앙코르곡으
로 부른 〈쾌지나칭칭나네〉에서는 창극에 참여한 모든 친구들
이 무대로 나와 공연의 대미를 장식한다. 목청껏 소리를 높이
는 아이들의 얼굴이 땀으로 번질거린다. 공연장이 터져 나갈
듯한 열기다.

몰입하는 이들 중엔 누구 한 사람 찡그리거나 비웃거나 화
내는 얼굴은 찾아볼 수 없다. 음악은 이처럼 사람의 마음을
선하고 아름답게 순화시키는 힘이 있다. 각기 맡은 악기와 연
주와 배역이 다르듯, 우리는 스스로의 열정과 재능으로 주어
진 삶을 살아가게 될 것이다. 각각의 색깔로 피는 꽃이니까.
때론 기쁨도 슬픔도 찾아들 것이다. 그러나 잠시뿐, 언젠가는

또 지나갈 것이다. 우리에겐 목숨과도 바꿀 음악이 있으니까.

마침내 막이 내린다. 우리는 무대 뒤에서 서로를 얼싸안으며 등을 토닥인다. 땀과 눈물로 범벅이 된 우리는 이렇게 또 하나의 고개를 넘어가고 있다.

나는 들고 있던 꽃다발에서 장미 한 송이를 뽑아 성현에게 내민다. 연지 선배가 그런 나를 흐뭇하게 바라보며 고개를 끄덕인다. 두 번째 꽃은 미주에게 건넨다. 미주가 땀으로 범벅된 얼굴로 웃는다. 징을 쳐준 대호에게도, 아쟁의 기영에게도, 해금의 지유에게도, 대금의 서연에게도, 판소리의 주은과 은비에게도, 타악의 아름과 선아에게도 꽃을 건넨다. 장미꽃이 한 송이 한 송이 손아귀에서 빠져나갈수록 각각의 이름이 내 가슴 속을 비집고 들어온다. 나눌수록 커지는 기쁨이다.

두 송이가 남는다. 내게 주는 선물이다. 마지막 두 송이를 대금 가방 안에 소중히 남겨 둔다.

"출연진과 지도 선생님들, 모두 무대로 올라오세요. 단체 사진을 찍겠습니다."

분장실과 무대 뒤에서 서로의 어깨를 감싸 안고 수다에 열중하던 우리는 우르르 무대로 몰려나간다. 교장 선생님과 국악과 선생님, 강사 선생님 들이 앞자리 의자에 앉고, 우리는 저마다의 방법으로 얼굴을 내밀며 야단을 떤다. 아우성이 한동안 이어진다. 중앙에서 하나 둘 셋을 외치던 사진 기사를 일제히 바라보며 몇 번의 사진 찍기가 끝났을 때, 내 시선은 한 지점에 꽂혀 움직이지 않는다.

공연의 마지막은 수다를 떠는 아이들의 사진 찍기로 완성된다는 듯, 공연의 감동이 날아갈세라 가슴을 꼭 누른 채, 처음부터 끝까지 한 장면도 놓치지 않겠다는 듯, 눈으로 가슴으로 하나하나 새겨두겠다는 듯, 수많은 아이들이 무대 위에서 움직여도 오직 너 하나만을 끝까지 따라가겠다는 듯, 떨리는 가슴으로 울고, 오래 묵었던 그리움으로 웃고, 장면마다 가슴으로 껴안으며 나를 지켜보던 사람은…… 아빠다!

나는 무대에서 훌쩍 뛰어내린다. 아빠를 향해 벅찬 가슴으로 달려간다. 아빠는 멀리서 뛰어오는 나를 향해 두 손을 번쩍 추켜든다.

"아빠!"

나는 아빠의 품 안에 안긴다. 몰라보게 야윈 얼굴과 몸. 가슴이 시리다.

"나 연주하는 거 봤어?"

아빠는 감격에 찬 목소리로 내 등을 토닥인다.

"당연히 봤지."

엄마도 다가와 우리를 껴안는다. 셋은 한 몸이 된다.

"우리 아들이 제일 멋지더라!"

엄마가 눈물을 글썽인다. 합주를 보면서도 나만 쳐다봤을 아빠, 시종일관 내게서 눈을 떼지 못했을 엄마, 세상에서 내가 제일 귀하다고 생각되는 것은 이처럼 나를 중심에 세우는 엄마 아빠가 있기 때문이다.

"아빠, 또 갈 거예요?"

"가기는! 이제부터는 너랑 함께 살 거야."

"진짜요? 어떻게요? 다 해결된 거예요?"

"해결되기는! 파산 신청했어. 다시 시작해야지. 우리 가족이 함께 살 수만 있다면 아빠는 어떤 일도 다 해낼 생각이다."

나는 탈의실로 달려가 소중하게 남겨 둔 장미 두 송이를 가져와 엄마 아빠에게 건넨다. 꽃은 엄마 아빠의 얼굴을 밝히는 환한 등불이 된다.

옷을 갈아입고 공연장 로비에 나간다. 선배들이 양복을 멋지게 빼입고 서서 후배들을 격려해 주고 있다. 연지 선배와 나란히 서 있던 인호 선배가 나를 보자마자 손을 높이 추켜든다. 나는 인호 선배의 손을 반갑게 잡는다.

"네가 소금 불었니?"

내가 고개를 끄덕이자 그가 빙긋 웃으며 말한다.

"짜아식, 멋지더라!"

이럴 때는 겸손모드. 세상에서 제일 재수 없는 사람은 잘난 사람이 자기 잘난 것을 아는 거다. 나는 땀에 젖은 머리를 긁적이며 수줍게 웃어 준다.

엄마 아빠는 대금 가방과 공연복, 소지품을 챙겨 먼저 집으로 돌아가고, 인호 선배는 '끝나고 어디로 오는지 알지? 쫌 있다 보자!' 라고 외치며 손을 흔든다. 나는 친구들과 함께 학교에서 날라 왔던 의자와 악기와 음향기기를 챙기기 위해 무대 뒤로 달려간다.

의자를 바삐 쌓아 올리던 나는 온몸으로 빠르게 물살 치는 따뜻한 기운을 느끼고는 그 자리에 우뚝 선다. 따뜻한 기운이 어디에서 오는지 골똘하게 생각한다. 그런 나를 천장 조명이 방긋 웃으며 내려다보고 있다.

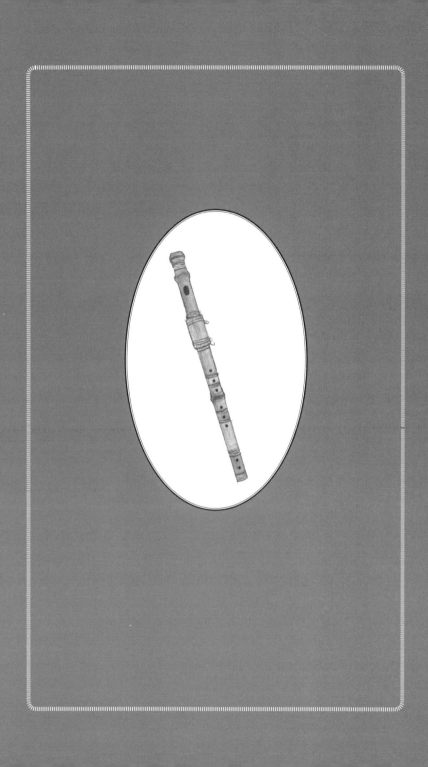

열정이 재능이다

이 소설은 국악을 전공하는 예술고 대금소년에 대한 이야기다. 운 좋게도 주인공을 십수 년 넘게 탐색할 수 있었는데, 그러는 동안 나는 주인공이 어떻게 자신의 길을 찾아가는지, 그 길을 지키기 위해 얼마나 노심초사하는지 구체적으로 실감할 수 있었다.

예술고 아이들은 일찌감치 자신의 길을 정한다는 점에서 일반고 아이들의 부러움을 사기도 하지만, 가까이 들여다본 이들의 생활은 결코 녹록치 않았다. 재능에 대한 회의를 비롯해 예체능계 전공자들을 위협하는 불투명한 생계 대책, 한정된 수요와 시장 속에서 살아남아야 한다는 고뇌와 절박감은 실로 눈물겨웠다. 이들 또한 대학 입시를 앞둔 고교생으로서 성적과 실기 중 그 어느 것도 내려놓을 수 없는 부담을 안고 하루하루 숨 가쁜 일상을 견뎌 내고 있었다.

그럼에도 주인공은 자신의 일을 사랑하고 몰두하는 것이야말로 무엇과도 바꿀 수 없는 행복임을 온몸으로 증언한다. 대중문화에서 소외된 국악 따위로 어떻게 먹고사느냐고 따지지 않는다. 뜻이 있는 곳에 길이 있다고 믿기 때문이다. 이처럼 자신만의 길을 만들어 가기 위해 고뇌하고 방황하는 동안 주인공의 열정은 더욱 깊어 간다. 수많은 악전고투 속에서 끝없이 흔들리면서도 자신의 길을 필사적으로 지켜 나가는 것이다.

인문계 고등학교 교사로 30년 넘게 살아오는 동안 나는 꿈도 희망도 없이 점수에 맞춰 대학을 지원하는 아이들을 너무나 많이 봐 왔다. 그런 내게 자신이 좋아하는 일을 선택하고 몰두하는 주인공의 모습은 참으로 경이로웠다. 우리의 모든 청소년들이 자신의 삶을 온전히 선택하며 살아갈 수 있다면 얼마나 좋을까 생각했기 때문이다.

나는 수업 시간에 습관적으로 자거나 조는 학생을 보면 잠이 부족하거나 수업이 재미없다기보다는 그들의 가슴에 꿈이 없기 때문이 아닌가 싶을 때가 있다. 이 아이들의 문제는 자기가 좋아하는 일을 하며 사는 게 행복이라는 것을 알면서도, 정작 자신이 무엇을 잘하는지 또는 좋아하는지를 모르고 있다는 것이다. 그럼에도 아이들은 그저 수학 문제를 풀고 영어 단어 하나를 더 외우기 위해 필사적으로 잠을 줄인다. 그리하여 수능 결과가 나오면 점수에 맞춰 대학을 지원하는 것이다.

　　이 아이들에게 스스로의 꿈을 찾아갈 수 있도록 다양하고도 질 좋은 경험이 제공되어야 한다. '호기심'이라는 불씨는 바로 이 지점에서 생겨난다. 그 불씨가 꺼지지 않도록 지속적으로 곁불을 넣어 주는 것은 가정과 학교와 사회 모두가 함께할 때 가능한 일이다. "한 아이를 키우려면 온 마을이 필요하다."라는 아프리카 속담도 있질 않는가.

이 소설을 쓰는 동안 많은 사람들의 도움을 받았다. 대금 자료에 대한 감수는 물론 소설이 마무리되는 순간까지 심적 지원을 아끼지 않았던 임완섭 님에게 힘껏 응원한다는 말로 고마움 전한다. 특히 주인공인 준우의 학창시절 내내 관심과 격려로 힘을 불어넣어 준 광주예술고등학교 추정현 선생님에게도, 판소리 자료에 대한 구체적인 자문을 제공해 준 소리꾼 고영열 님에게도 감사드린다.

끝으로 이 순간에도 자신의 길을 지켜나가기 위해 열정적으로 매진하고 있을 광주예술고등학교 국악과 학생들을 비롯한 이 땅의 소중한 국악 청소년들에게 응원을 보탠다.

2015년 6월

장정희